Georges Bataille

L'abbé C.

Les Éditions de Minuit

Je déshonore à ce moment ma poésie, je
[méprise ma peinture,
Je dégrade ma personne et je punis mon
[caractère,
Et la plume est ma terreur, le crayon ma
[honte,
J'enterre mes talents et ma gloire est
[morte.

William Blake.

PREMIÈRE PARTIE

Préface
Récit de l'éditeur

Mon souvenir est précis : la première fois que je vis Robert C..., j'étais dans un pénible état d'angoisse. Il arrive que la cruauté de la jungle se révèle être la loi qui nous régit. Je sortis après déjeuner...

Dans la cour d'une usine, sous le soleil de plomb, un ouvrier chargeait de la houille à la pelle. Sa sueur collait la poussière à sa peau...

Un revers de fortune était la raison de cette angoisse. Je le voyais soudain : j'aurais à travailler ; le monde cessait d'offrir sa divinité à mes caprices, je devais, pour manger, me soumettre à ses lois.

Je me rappelais le visage de Charles, où la peur elle-même semblait légère, et même gaie, où j'espérais encore, ce jour-là, lire une réponse à l'énigme posée par la perte de ma fortune. Je tirai la sonnette et une cloche grave, sonnant dans les profondeurs du jardin me donna un pénible sentiment. Une solennité venait de la vieille demeure. Et moi j'étais exclus du monde où la hauteur des arbres assure aux tourments la plus douce gravité.

Robert était le frère jumeau de Charles.

J'ignorais que Charles fût malade : il l'était au point qu'à l'appel du médecin, Robert était venu de la ville voisine. Robert m'ouvrit la porte et ce ne fut pas seulement de savoir Charles malade qui me laissa désemparé : Robert était le sosie de Charles, or il émanait de sa longue soutane et de son sourire navré une sorte d'accablement.

De cet accablement, je ne doute pas, aujourd'hui que, souvent, Charles ne le connût, mais à l'instant Robert criait ce que l'humeur désordonnée de Charles déguisait.

— Mon frère est assez malade, Monsieur, me dit-il, il doit renoncer à vous voir aujourd'hui. Il m'a demandé de vous en prévenir et de l'excuser.

Le sourire qui finit la phrase exquise ne pouvait lever une inquiétude qui, visiblement, le rongeait. La conversation qui suivit dans la maison se borna à cette maladie soudaine et au pessimisme qu'elle motivait.

L'état de Charles aurait dû rendre compte à lui seul de la tristesse de l'abbé. Cette tristesse néanmoins me fit le même effet que la poussière de houille de l'usine : quelque chose l'étouffait, et il me sembla que rien ne pourrait l'aider. Je me dis quelquefois que ces traits tirés, ce regard de coupable, cette impuissance à respirer tenaient alors aux relations pénibles des deux frères : Robert pouvait ne pas se sentir innocent de cette maladie.

Il me sembla surtout qu'il avait deviné ma détresse et que ses regards me disaient :

— Voyez, c'est partout la même impuissance. Nous sommes tous dans ce monde dans la situa-

tion de criminels : et, n'en doutez plus, la justice
est à nos trousses.

Ces derniers mots donnaient le sens de son
sourire.

Je le vis plus tard à plusieurs reprises : mais
ce fut la seule fois qu'il se trahit. Il n'était pas
honteux, d'ordinaire, jamais je ne revis ce regard
d'homme traqué. Même, il était d'habitude assez
jovial et, cruellement, Charles, qu'il irritait, parlait de lui comme d'un faiseur. Charles affectait
de le maltraiter, il l'appelait rarement Robert, et
plus souvent que « l'abbé », « curé » ! Il marquait d'un sourire cette irrévérence, qui, s'adres-
sant peut-être au frère, visait néanmoins la
tristesse de la soutane. La gaîté de Charles était
volontiers folle et il se donnait des airs d'inconséquence. Pourtant, il est sûr que jamais il ne cessa
d'aimer Robert, de tenir à son frère plus qu'à ses
maîtresses et de souffrir, sinon de sa piété, de
l'affectation enjouée sous laquelle il dissimulait
la détresse. S'il était facile de s'y tromper, c'est
que Robert, par un réflexe de défense, jouait à
Charles une comédie, qui avait pour fin de
l'excéder.

Mais l'angoisse de l'abbé donnait ce jour-là
l'impression qu'il perdait la tête : ses yeux ne
semblaient s'ouvrir, timidement, que pour
avouer l'horreur d'un supplice. La formule
exquise était alors la seule nuance qui, s'accor-
dant à la soutane, rappelât l'état ecclésiastique,
mais elle était suivie de pénibles silences. Dans le
salon couvert de housses et les volets fermés, la
sueur ruisselait de son visage. Il me donna l'idée
d'une ménade de l'angoisse, qu'une peur secrète
rendait à l'immobilité (mais il maintenait, dans

sa détresse, cette courtoisie affectée qui donne à des ecclésiastiques un aspect tricheur de vieille dame).

Il avait le visage désarmé, sans espoir, que je venais de voir au manœuvre dans l'usine, le même visage que moi sans doute... Je venais proposer ma voiture à Charles, qui avait convenu de l'acheter le jour où j'aurais besoin d'argent : la vendre d'urgence au garage ne me permettait pas de payer mes dettes... Une malchance, que soulignait la sueur de l'abbé ajoutait un élément de dissimulation, de mensonge, à cette situation inextricable.

Robert me fascinait : il était le sosie comique de Charles : Charles effondré, sous le déguisement d'une soutane. Une malfaçon si parfaite tenait du rêve. Le visage d'écureuil de Léon XIII ! les oreilles écartées de l'animal rongeur, le teint rouge, mais la chair épaisse, sale et molle de la honte ! La phrase flûtée achevait de rendre vulgaire, en contraste, des traits incongrus, très fins, mais bien lourdement relâchés. Un enfant pris en faute et lâche... J'imagine qu'ayant l'habitude de l'affectation, il affectait alors la honte.

Je l'imagine maintenant. Je crois même aujourd'hui que, dans son angoisse, il tirait de l'hébétude un plaisir inavouable. Mais, ce jour-là, j'ignorais le monstre qu'il était. J'eus seulement la sensation, tant cet affaissement et cette ressemblance m'avaient saisi, d'être devant lui le jouet d'une magie. J'étais oppressé quand je partis. J'avais peur de ressembler à cet homme fascinant mais pitoyable. N'avais-je pas honte de ma situation nouvelle ? Je devais échapper à mes créanciers, et me dérober. J'allais sombrer mais ce n'eut rien été de sombrer sans le sentiment insidieux d'être la seule cause de ma ruine.

J'aurais dû éviter de parler de moi, mais avant de donner le livre que forment le récit de Charles et les notes de Robert, j'ai voulu rapporter le souvenir que les deux frères m'ont laissé. J'aimerais prévenir l'étonnement de lecteurs que la sottise des faits désarmerait. C'est un vain scrupule en un sens,, mais je dois rapporter quoiqu'il en soit les conditions dans lesquelles j'édite un manuscrit dont l'auteur fut mon ami.

De 1930 à l'an dernier, j'entretins avec Charles des relations presque suivies ; je lui téléphonais souvent, mais il ne m'appelait le premier que rarement, ou il m'appelait pour se décommander. Je me lassai un jour : nous restâmes sans nous voir deux ou trois ans. Alors il s'accusa de sottise, il me sembla las de lui-même ; il ne m'aimait pas moins que ceux de ses amis qu'il voyait, mais j'avais à ses yeux, disait-il, le tort de l'obliger à réfléchir, il me pardonnait mal une sobriété contraire à ses goûts, ou encore, d'avoir été lâche à la perte de ma fortune. (Mais il avait gardé la sienne, augmentée d'une part que Robert lui abandonna.)

Ce qui m'irritait mais en même temps m'attirait en lui était la lourdeur nonchalante et pour ainsi dire épuisée qui lui donnait le charme d'un mauvais rêve. Indifférent au monde, aux autres hommes, sans ami, sans amour, il ne s'attachait que dans l'équivoque, et toujours en porte-à-faux, à des êtres de mauvaise foi. Il manquait de conscience et, si l'on excepte son amitié pour Robert, il n'avait pas de fidélité. Il manquait de conscience au point d'avoir peur de scandaliser. Il évitait le pire et rendait à des parents éloignés des visites annuelles ; je vis qu'il était alors agréable, ennuyé, mais un C. comme les autres, attentif aux ragots et aux manies de famille. Il avait d'abord eu la main heureuse en affaires, il avait, à la mort de son père, en peu d'années amassé beaucoup d'argent. Et comme il avait à cette occasion fait faire à de riches oncles de bons placements, la brebis galeuse était Robert. Bien assise en bourgeoisie, la famille était radicale : Charles avait des tantes impies, que ses « bonnes fortunes » flattaient ; et elles ne riaient pas sans dédain de l'innocence de Robert : le puceau.

Le jour où il me remit le manuscrit de ce livre, nous ne nous voyions plus depuis longtemps. J'avais reçu une lettre où il me demandait de le rejoindre dans les montagnes du Jura, à R., où il passait l'été. L'invitation, pressante, avait même l'accent d'un appel. Je suis moi-même originaire de R., où je suis revenu parfois depuis mon enfance. Charles avait su que j'avais l'intention d'y passer : il viendrait sinon me voir à Paris.

Charles était alors marié depuis un mois (exactement, sa famille l'avait marié). La jeune femme était d'une beauté gênante. Elle ne pouvait, visiblement, penser qu'à ce qu'elle nommait, du bout des dents, la « bagatelle », aux robes et au monde. Je crois qu'elle eut pour moi la sorte de mépris impersonnel qui s'impose à certains comme l'obligation, peut-être ennuyeuse, de suivre la règle d'un jeu.

Nous déjeunâmes tous trois. Je passai l'après-midi avec Charles ; il me remit le manuscrit et une lettre m'autorisant à le publier. C'était, me dit-il, un récit de la mort de Robert.

Dans un mouvement qui était à la fois de lassitude et d'insistance, qui me laissa une impression de tristesse résolue, il me demanda d'écrire la préface de ce livre : il ne la lirait pas et me laissait le soin de l'édition.

Il souffrait d'avoir introduit des figures décharnées, qui se déplaçaient dans un monde dément, qui jamais ne pourraient convaincre. Je devais dès l'abord sauver Robert d'une caricature, sans laquelle le livre n'aurait pas de sens, mais qui en faisait « un défi mal formulé ». Il trouvait aussi la figure qu'il avait donnée de lui-même irrecevable : elle manquait de vulgarité, et par là faussait l'intention du livre. Il parla vite, avec la précision qu'il apportait presque en toutes choses. Il ajouta que, désormais, nous devrions nous voir souvent, que cette collaboration serait viable en d'autres cas : pourquoi ne ferais-je pas les longues préfaces de livres qu'il écrirait, auxquels il manquerait, à coup sûr, ce que seul je pouvais ajouter ? Il était insensé de manquer à la seule amitié qui comptât pour lui. Il avait parlé d'un bout à l'autre avec une grande simplicité, comme on fait si l'on a mûri une résolution. (Comme on verra, il est probable qu'il me mentait sur un point, sans raison et par goût. Car il devait, depuis des mois, être certain de mourir vite).

Sa proposition me déconcerta, et d'abord je ne l'acceptai pas sans réserves. Je devais lire le manuscrit... Sur quoi, il me pria de n'en rien faire avant de l'avoir quitté. Il me parla ensuite des notes laissées par Robert, données à la suite du récit. Je rapporte à la fin du livre ce qu'il m'apprit à cette occasion : j'en fus bouleversé au point de ne plus faire de réserves.

Et pourtant, la publication demeura quatre ans suspendue. La lecture du manuscrit me fit horreur : c'était sale, comique, et jamais je n'avais rien lu qui me donnât plus de malaise : Charles, au surplus, me quitta de telle façon qu'une dépression nerveuse, et une entière inhibition m'empêchèrent longtemps de toucher à l'étrange histoire de Robert.

A la fin de l'après-midi, Charles me proposa de rejoindre sa femme.

Il la prévint à la porte de sa chambre : elle nous dit d'entrer, elle était à sa toilette et elle ferma sans trop de hâte un peignoir sous lequel elle était nue. Charles n'eut pas de réaction et j'eus le tort d'affecter gaiement de n'avoir rien vu : l'agréable mépris qu'elle avait pour moi se changea en irritation. J'étais d'autant moins excusable qu'elle était belle à ne pas pouvoir l'oublier. J'eus malgré moi l'air de mépriser une vie faite de facilité, à laquelle je n'étais pas convié. Je crains même d'avoir eu l'attitude de quelqu'un qui décline une invitation, alors qu'il n'est pas invité. Germaine, très riche, avait épousé Charles, sachant qu'elle aurait avec lui la vie libertine qu'elle aimait.

Nous allâmes nous asseoir à une terrasse de café. Charles y trouva un personnage de connaissance, hirsute, rougeaud et mal venu, le visage petit comme un poing, auréolé de crins à demi-crépus : il alla lui parler à sa table. Je m'alarmais d'être seul avec Germaine, qui, par chance, me tenant rigueur, bavarda avec la serveuse.

Enfin Charles invita son ami à notre table : c'était le prestidigitateur de passage, il donnait le soir une séance dans une arrière-salle de café. C'était un homme plaisant, qui avait l'habitude de captiver les hommes simples qui l'écoutaient. Mais ses histoires confuses ne tardèrent pas à nous ennuyer. C'est certainement par gentillesse que Germaine le défia. Il se vantait d'obliger n'importe qui à choisir, entre celles qu'il lui présentait, la carte qu'il voulait.

Vaguement, j'exprimai moi-même un doute ; mais Germaine insista :

— Non, lui dit-elle, vous ne réussirez pas avec moi.

— Avec vous ! reprit-il. Venez ce soir à la séance.

— Je veux seulement savoir comment vous faites.

— Non. Nous sommes tenus professionnellement au secret ; je vous ai dit que nous avions des procédés sans mystère. Venez ce soir et vous verrez.

Je parlai d'un jeune homme barbu qui s'exhibait en Suisse, qu'un partenaire perçait d'une épée à travers le torse nu. Les services d'un hôpital avaient fait la radiographie de l'épée à travers les os.

— Impossible, dit-il. Sur le bout des doigts, monsieur, je connais nos procédés. J'ai recueilli les tours de... (il me citait des noms aux consonances folles). Malheureusement, je manque de matériel. Une radiographie, mais non, monsieur, je demande à voir cette radiographie !

Il m'énervait, décidément : je n'eus même pas envie d'ajouter qu'un jour, la lame mal introduite tua le jeune prodige.

L'ami de Charles avait les regards brûlés d'un

homme auquel manqueront toujours cent francs ;
sa suffisance était banale, mais malgré mon désir
de l'apprécier, il m'agaça.

Je me levai et proposai à Germaine et à Charles de dîner au restaurant.

Germaine riait fort, elle était évidemment
grise. Elle avait bu cinq ou six verres et, quand
elle se leva, je pensai qu'elle tituberait (mais elle
appartenait à une classe qu'on a trop vite fait de
croire déchue).

A ce moment, une dame âgée, vêtue de noir,
traversa la place. Germaine, Charles et moi nous
arrêtâmes (Charles et moi la connaissions ; néanmoins, elle nous surprit, nous laissant quelque
peu stupides). Elle avait des savates de toile
blanche, quelque chose de cassé dans la démarche, des mèches grises. La soirée était assez
chaude, mais elle donnait l'impression d'avoir
l'onglée. Elle semblait nouée, comme par un hoquet, mais non : elle marchait ; le mécanisme
la lâchait : il reprenait au même instant, si bien
qu'inattentif, on aurait pu croire qu'elle se dépla-
çait lentement.

— Le spectre de Robert ! s'écria Germaine.
Elle le fit sur le ton d'une idée amusante. La
mort de Robert remontait alors à deux ans. Mais
le mot n'en était pas moins inadmissible. Je
pensai à la réaction violente de Charles. Pour
une autre raison, l'incongruité de Germaine me
confondit : elle avait exprimé à haute voix la
pensée qui précisément venait d'imposer son
malaise à mon esprit. A tort ou à raison, je
croyais que ces transmissions impliquaient la

sympathie. Mais ma pensée intime et inavouable était énoncée par une femme qui m'avait déplu : c'était agaçant au possible. Le rapprochement tenait à l'allure grotesque d'un fantôme, qui venait de traverser la place. J'imaginais la colère inexprimée de Charles, et il me sembla qu'elle se tournerait contre moi : n'avais-je pas eu, n'avais-je pas encore la pensée qui me faisait, malgré moi, complice de Germaine ?

Je ne m'étais pas récrié, j'avais tacitement accepté ! La lumière rose du soleil à son déclin donnait sous les tilleuls à cette scène un aspect de l'autre monde, elle grandissait la figure de la dame en noir, elle donnait à ses traits gris, à ses manières pincées une sorte d'animalité céleste. Les décrochements de son long passage avaient figé Germaine dans la lumière. Sans mot dire, Charles s'éloigna et nous l'attendîmes, désemparés, devant la maison où il entra.

Pendant ce temps sortit d'une bouche d'égout une pénible puanteur : Germaine ne riait plus, son visage se décomposait : j'imaginai l'aspect déchu qu'elle aurait à soixante ans. En moi-même, impalpablement, et devant moi, le monde se défaisait, comme un domestique renonce à une parade et, le maître parti, crache dans la chambre. Dans le sentiment d'un nageur que la marée éloigne des rives, je succombais à mes dettes, à l'usure de mes semelles, à mes pieds endoloris. Aux yeux l'un de l'autre, Germaine et moi étions négligeables, mais nous devinions la honte l'un de l'autre et en demeurions abattus. La disparition de Charles nous humiliait également. Nous attendions muets et nous évitions de nous regarder. Elle aurait pu dire, ou j'aurais pu dire : « Où diable est allé Charles ? » Je crois qu'une même certitude d'indécence nous en eut également empêchés.

Charles à la fin sortit de la maison. Mine de rien, loin d'expliquer une disparition prolongée, il s'excusa à peine entre les dents, gardant le silence qui répondait à son exaspération impuissante. Nous marchions lentement, lourdement, comme si, n'ayant pas de but, nous attendions, faisant les cent pas. C'était vraiment un silence de mort... Sans le rapprochement des cœurs serrés.

J'ai souvent aperçu depuis que la haine ou la mésentente naissait de ces situations sournoises, dont personne ne saurait parler précisément. De même qu'un jour d'été l'air devenu irrespirable, brusquement, donne envie de mourir ou de fuir, une aveugle hostilité ordonne sournoisement l'attitude, les paroles ou le silence des êtres. Je lus la nuit même le manuscrit de Charles, et la scène eut alors un sens accablant. Je tremblai à me souvenir du passage de la vieille et du malaise qui le suivit.

Je vis, à la table du restaurant, les pommettes de Germaine écarlates, ses yeux battus exprimaient le découragement. Nous étions, elle et moi, également inquiets devant Charles, auquel une indifférence affectée donnait une aisance du diable.

J'aurais dû commander les plats, mais Charles m'enleva, ou peu s'en faut, le menu des mains. Je ne réagis pas, tant ma dépression était grande. J'étais humilié, non seulement vis-à-vis de Charles, mais de l'insignifiante Germaine. Jamais personne ne me toisa avec mépris comme le fit Charles ce jour-là. Je voulus parler à tout prix. Je parlai à nouveau de l'homme auquel un aide enfilait une épée dans la poitrine, je parlai des photographies qui m'avaient frappé, des évanouissements dans l'assistance, qui suivaient l'opération. Germaine écouta sans mot dire, l'air intéressé, mais l'angoisse, en un sens, la tirait en arrière. Elle était décolletée au point de donner l'impression d'être nue. Elle semblait en même temps s'offrir et se dérober. L'air traqué, elle semblait néanmoins résolue à tirer parti de ce malaise. Elle gardait un inadmissible silence qui ne semblait pas moins lui peser qu'à moi-même. Charles, auquel ne pouvait échapper la subtilité du jeu, n'avait cure d'alléger la situation.

Le pis est, que, devant, pour des mois, voyager hors de France, je ne pouvais me décider à quitter mon ami sur cette impression. Je crois que j'aurais dû le faire, mais j'imaginais que tout s'arrangerait. J'avais seulement la chance de gagner du temps. Je proposai à mes « amis » d'aller voir opérer le prestidigitateur. Germaine saurait si notre homme l'obligerait à tirer vraiment la carte qu'il voulait ; même, la séance, à la rigueur, pouvait nous divertir. J'imaginais, non sans raison, que, dans la salle, il nous serait moins pénible qu'ailleurs de rester ensemble sans parler. A la sortie, il se pouvait que le malaise fût dissipé.

Je vis Charles sourire au vide, et il me dit ironiquement :

— En somme, pourquoi pas ?...

Je le vis en même temps hausser les épaules.

Germaine dut saisir ma raison et dit d'une voix lâche :

— Mais oui, c'est une bonne idée.

Charles emplit son verre de vin rouge, elle le

but lentement d'un trait ; et comme elle serrait ce verre dans sa main, elle en cassa le pied sur la table.

Je compris alors que le malaise et l'ivresse en elle étant réels étaient néanmoins secondaires : c'était le moyen qu'elle avait de nourrir une excitation mauvaise. Elle colla sa jambe à la mienne sous la nappe, regardant le verre cassé, le front bas, comme si ces débris étaient le signe d'une impuissance. Quelque chose en elle s'affaissa. Elle défit le bouton du haut de la veste de son tailleur, doucement, avec une maladresse feinte, comme si au contraire, elle avait voulu le boutonner.

Charles fit donner un autre verre et l'emplit. Mais une aile de poulet, tout aussitôt, parût l'absorber entièrement.

S'il avait regardé Germaine, le manège aurait cessé — ou aurait pris un autre sens —, mais l'angoisse liée dans ces conditions au désir le plus vain devint douloureuse.

Le démon de la timidité (?) m'empêchant de suivre un premier mouvement : je ne retirai pas ma jambe. Germaine m'avait crispé, je ne pouvais l'aimer, je la méprisais, mais une humeur déraisonnable me retint : j'imaginai que retirer ma jambe serait l'outrager ! Il y avait dans sa conduite une absurdité que je maudissais. Toutefois elle me fascinait : je me sentis de plus en plus annihilé. Je ne voyais plus de moyen d'échapper au destin dérisoire qui me voulait à ce moment brûlant de sentiments contradictoires et sans issue. Charles absent devant nous, comme un aveugle, mâchant méthodiquement de gros morceaux, achevait de mettre mes nerfs à l'épreuve. S'il avait réellement été absent, j'aurais pu assouvir un désir animal... Mais je réfléchis : Germaine ne m'aurait pas provoqué si elle avait pu elle-même étancher la soif qu'elle me donnait. J'avalai un verre de vin : je me scandalisais d'une chiennerie aussi courte... Elle n'en jouait pas moins avec elle-même le jeu qu'elle jouait avec moi ! Si elle s'offrait à moi, mais d'une offre à l'avance dérobée, elle ne pouvait satisfaire son propre désir, elle devait elle-même étouffer sans issue : elle glissa voluptueusement sa jambe sur la mienne, et, perdant toute prudence, mit sa main sur ma cuisse, si haut que...

Je crus que Charles la voyait : si l'orage s'accumule, tant vaut qu'il éclate. Il ne dit rien, ou il fit mine de ne rien voir, mais cela prolongeait le supplice auquel un éclat aurait eu seul le pouvoir de mettre fin. Il me sembla qu'il mangeait plus attentivement de plus gros morceaux. Il avait commandé d'autres parts de poulet et du vin. Il mangeait et buvait comme on travaille : il y avait là une possibilité de soulagement. Je mangeai de plus en plus vite et sifflai du vin : je compris que, faute d'habitude, je n'y tiendrais pas. Tout d'abord, Germaine reprit sa main et commença de m'imiter : ainsi nous mangeâmes tous trois et bûmes en silence. Germaine maintint comme elle put la raideur de sa provocation. Il devenait à la longue improbable que Charles n'eût rien vu, mais le vin me donna vite, en même temps qu'une hilarité de rêve, une sorte de torpeur envahissante. Je luttai dès lors contre le sommeil, effrayé à l'idée de me dérober malgré moi et d'être piteux.

La fascination du sommeil, qui oppose l'attrait du vide à l'obstination d'une volonté impuissante, est une épreuve que la vie n'a peut-être jamais surmontée. Ce qui échappe si, comme il en est d'ordinaire, nous cherchons simplement à nous endormir, est l'affinité d'un être à ce qu'il n'est pas : cette absence, cet affaissement. Mais parfois le sommeil involontaire est plus fort que tout le désir de vivre, la nuit dérobe l'espoir et l'appréhension. Je regardais Germaine et Charles et, en succombant, il me sembla que, sinon le sommeil, la mort pouvait mettre fin au malentendu qui donnait à cet affaissement la valeur d'une déchéance.

Je ne m'endormis pas vraiment. Comme un nageur à la limite de l'épuisement refuse la tentation des eaux, je durai. Je me rappelle avoir entendu la voix cinglante de Charles demander :

— Prendrez-vous un café ?

Je répondis assez lentement, assuré toutefois d'être pertinent :

— Oui, s'il est sorti.

Soudain mon absurdité m'apparut.

Je demandai à Germaine qui riait, mais qui parût gênée de rire :

— Ai-je dormi ?

— Non, dit-elle, mais je ne sais pourquoi vous avez parlé de Saint-Simon...

— Je n'écoutais pas, coupa Charles.

Il se leva et dit du même ton sec :

— Je commanderai les cafés à la cuisine.

Germaine me prit la main, elle tremblait et je vis qu'elle avait peur :

— Surtout, ne parlez plus de Robert devant Charles...

Je sursautai, désespéré.

— Qu'ai-je fait ?

— *Vous vous endormiez. Vous avez traité Robert de pitre... et vous m'avez mis la main sur les jambes...*

Mais Charles revenait. Je n'avais pas imaginé qu'un regard puisse être pire qu'une insulte. Il me toisa, il était clair qu'il écumait. Il ne cria pas : « Sinistre buse ! » mais sans mot dire il donnait libre cours à une sorte de fureur froide. Je ne pouvais même pas m'expliquer, m'excuser. Je n'avais pas vraiment dormi, je parlais sous l'effet du vin, je me défendis contre le sommeil et il m'avait gagné. J'avais parlé pour ne pas céder et les phrases m'avaient échappé, répondant à une hébétude de rêve. J'avais lutté jusqu'à la fin, et soudain je me reprenais : mais le désastre seul me l'avait permis.

J'avais invité mes amis et je demandai l'addition.

— *C'est fait,* dit Charles.

Je regardai Germaine, qui avait l'air ailleurs : elle buvait du café. Je mendiais en silence, auprès d'elle, une désapprobation de la conduite de Charles : j'achevai de me perdre à mes propres yeux. J'éprouvais l'effet du vin sous une forme épaisse : une aboulie qui m'énervait jusqu'à la rage mais noyait cette rage en une impuissance plus grande. Germaine, Charles et moi, étions de concert saisis d'une sorte de crampe, comme il arrive au cours de scènes silencieuses entre des amants crispés.

Nous ne pouvions même plus renoncer à la séance de prestidigitation : elle fut si morne qu'une détente en résulta : nous étions relativement séparés et l'absence d'intérêt, même comique, de la séance, pouvait détourner vers un autre objet notre mauvaise humeur. Je pensais que l'histoire finirait de cette façon : froidement, mais sans a-coups, nous prendrions congé. A la fin du dîner, ç'aurait été aussi dur qu'un échange de gifles ; au cours de la séance, la dépression aurait le temps de l'emporter. Il en alla bien autrement.

Après une longue série d'exercices, à la mesure d'une assistance très simple, et qui s'amusait, le prestidigitateur demanda à chaque personne (la salle pleine ne pouvait tenir que peu de monde) de tirer une carte. Il en distribuait une douzaine et il nommait avant de la retourner chacune des cartes tirées. Il vint vers nous et je dus choisir en premier. Sans le défi de l'amuseur, je n'aurais prêté aucune attention au jeu et j'aurais sans doute pris la carte préparée. Je la vis en effet, mais décidai d'en prendre une autre ; j'avançai la main : à ce moment, le jeu glissa, et la carte voulue vint sous mes doigts ; je m'arrêtai et repérai celle que j'avais choisie ; je m'apprêtai à la tirer à ce moment je vis dans le regard du prestidigitateur, — au lieu d'une volonté froide d'imposer, — dans un éclair, une sorte de supplication énervée. Je cédai et pris la carte qu'il voulait.

Vint le tour de Germaine. Depuis le début de l'exhibition je n'avais pas tourné les yeux vers elle, mais je la regardais choisir ; à ce moment, je la vis bien : elle était l'incarnation de la dure méchanceté. Un instant, dérobant les cartes, l'autre voulut forcer le choix ; elle le vit et tira la carte qu'elle voulait : elle le fit sans sourire, avec une habileté mauvaise. J'entendis le presti-digitateur siffler entre ses dents : « Chipie ! » Charles dut l'entendre également : il se leva et

*gifla le pauvre diable. Il y eut dans la salle un
mouvement. Charles entraîna Germaine et sortit.
Beaucoup d'assistants se levèrent. Le prestidigitateur eut une incontestable dignité.*

*— Mes amis, dit-il, calmez-vous, asseyez-vous.
Ce monsieur a sûrement des visions, il a sans
doute un accès de folie.*

*— Je suis désolé, dis-je à mon tour, assez piteu-
sement, c'est un malentendu, j'en suis sûr.*

*Je tentai aussitôt de partir, mais, dans le
désordre, cela prit un temps relativement long.*

*Je me trouvai dans une rue noire. J'entendis à
quelques pas des éclats de voix, Charles et Germaine criaient littéralement. Je m'approchai.
Charles gifla Germaine si fortement qu'elle tomba. Il l'aida à se relever. Il l'emmena en l'enla-
çant affectueusement. J'entendis Germaine pleurer.*

Je rentrai chez moi les lèvres sèches.

*Je me souvins du manuscrit que j'avais mis
dans la poche de mon pardessus. Je me jetai sur
un lit, je lus une partie de la nuit et je m'endormis.*

*Je m'éveillai tout habillé. Lentement et péni-
blement la mémoire me revint. Il faisait jour. Je
n'aurais pu ni rire ni pleurer ; le souvenir de
ma platitude de la veille m'écœura, mais vainement. Je me rappelai alors avec précision la
mort de ma mère : je ne pleurai pas, cependant
j'eus la certitude que j'allais pleurer. Je ne pouvais admettre le caractère abominable du livre
que j'avais lu.*

*(De même, quand je vis ma mère morte, je
ne pus supporter l'idée de ne plus pouvoir lui
parler).*

Tout se dérangea finalement : une envie de

rire impuissante me domina, un fou-rire inerte m'ouvrait et me serrait le cœur. Je crus que j'avais la nausée, mais c'était plus sérieux.

Je rentrai à Paris le matin même. J'étais gravement malade et je dus retarder mon départ.

Deux jours après je reçus cette lettre de Charles :

« Bien entendu, rien n'est changé. Je pense que tu éditeras le livre que je t'ai remis. Je te tiens pour un lâche, évidemment, je voudrais ne plus jamais entendre parler de toi. De toi ni d'ailleurs de rien ni de personne. J'espère que mes vœux ne tarderont plus à être comblés. »

J'appris, deux mois plus tard, le suicide de Charles.

Je crus devenir fou, si bien que j'allai voir un médecin. Il me demanda sans ambages de publier le manuscrit. Je ne l'éviterais d'aucune façon. Je devais rédiger la préface et généralement rapporter ce que Charles m'avait appris de la mort de Robert, et qu'il n'avait pas eu la force d'écrire. Le médecin, du point de vue littéraire, ne voulait rien dire, il n'était nullement qualifié, mais, médicalement, l'histoire était des plus jolies... Je l'interrompis, je lui dis qu'il avait peut-être raison, mais qu'imaginant l'impatience de Charles à l'entendre, je me sentais bien mal à l'aise. Il me vit si énervé qu'il se tut. Il se fit aussitôt plus humain.

Il me proposa de revenir régulièrement. J'acceptai. J'écrirais ma part du récit, et porterais les pages écrites à chaque séance. C'était l'élément essentiel d'un traitement psychothérapique, sans lequel j'aurais du mal à m'en sortir. Il me parut sensé, il était d'une douceur redoutable.

J'acceptai : j'étais l'enfant au cou duquel on noue un bavoir, et qui s'apprête à baver paisiblement. Je le lui dis et il en rit, il me bouscula :

— Voyez-vous, me dit-il, tout ceci est puéril, l'est d'un bout à l'autre, et même au sens le plus précis. Mais notre science n'a d'autorité que dans la mesure où elle n'humilie pas les malades.

Je ne sais si, finalement, je suis guéri. Je ne l'étais pas le jour où j'interrompis ce traitement littéraire. Je repris la tâche un peu plus tard, mais, pour insignifiante qu'elle fût, je mis quatre ans à l'achever.

DEUXIÈME PARTIE

Récit de Charles C.

I

EPONINE

Au temps où ce récit commence, la malédiction de l'urbanité achevait d'égarer mon frère. Personne jamais ne s'acharna davantage à choquer un désir de silence. Un jour, je voulus lui dire mon sentiment : il eut, avec un sourire suave, une plaisante réplique :

— Tu n'y es pas, mais non, pas du tout, nous ne songeons qu'à ça, me dit-il. C'est que... nous trompons notre monde : au dehors, l'allant, la bonne humeur, même un tantinet mauvais genre, mais l'angoisse au fond du cœur.

Ses yeux brillèrent alors de malice.

— L'amour de Dieu, ajouta-t-il, est le plus tricheur de tous. On aurait dû lui réserver le slogan vulgaire, qui passerait ainsi, et comme insensiblement, du trait d'esprit à un silence fermé...

Alors, il laissa ces mots glisser des lèvres (il fumait la pipe), le sourire fuyant :

— *Say it with flowers !*

Je levai la tête, le dévisageai haineusement, ne pouvant croire qu'il avait osé...

Je ne sais même pas aujourd'hui ce qu'il cherchait.

Un souci de bonne volonté, d'ouverture, parut

alors l'emporter en lui sur la prudence. Ce catholicisme brûlant, cette aimable témérité décidément le faisaient s'opposer de façon tranchée au fond d'amitié que nous maintenions entre nous.

Je regardai cet homme voyant, faux et agréable, que jadis je prenais pour un autre moi-même. Il tenait du sacerdoce un pouvoir de tromper, non les autres, mais lui-même : un tel enchantement d'être au monde, une débordante activité, sifflant dans les faubourgs un triomphe de la vertu, n'étaient possible qu'à l'égarement. Des femmes excellent à ces débordements de naïvetés, mais un homme (un prêtre) donne une figure de niais et de m'as-tu-vu à cette comédie de bonté divine !

Pendant l'été de 1942, pour des raisons variées, nous nous trouvâmes, l'abbé, Eponine et moi, réunis dans la petite ville où nous étions nés.

J'avais un beau dimanche passé l'après-midi à boire avec Eponine. Je pris rendez-vous avec mon amie sur la tour de l'église. Je passai au presbytère demander à mon frère de m'accompagner.

Je le pris par le bras, et m'autorisant d'un état bien évident, je lui dis sur un ton qui avait la suavité du sien :

— Viens avec moi. J'ai soif de l'infini ce soir.

Et, lui faisant face en ouvrant les bras :

— As-tu quelque raison de refuser ?

— Vois-tu, poursuivis-je en baissant la tête, ma soif est si grande à l'instant...

Gentiment l'abbé éclata d'un rire gai.

J'avais l'air ennuyé, je protestai :

— Tu m'as mal compris.

Je gémissais, jouant cette comédie avec outrance.

— Tu ne me comprends pas : je n'ai plus de limite, plus de borne. Que cette sensation est cruelle ! J'ai besoin de toi, besoin de l'homme de Dieu !

Je l'implorai.

— Ne te refuse pas à mon impuissance. Tu le vois : l'alcool m'égare. Mène-moi sur la tour où j'ai rendez-vous.

L'abbé répondit simplement :

— Je t'accompagnerai.

Mais il sourit en ajoutant :

— J'ai moi-même rendez-vous sur la tour.

J'eus l'air déconcerté ; je lui demandai timidement avec qui.

Il baissa les yeux et dit sottement :

— La miséricorde infinie du Seigneur.

L'église est flanquée d'une haute tour carrée. Il soufflait alors un vent violent. A l'intérieur, l'escalier de bois est presque une échelle et il me sembla que le vent faisait vaciller la tour. Je m'arrêtai à mi-hauteur, tenant mal sur un barreau. J'imaginai les conséquences d'un glissement : le monde dérobé dans un vide, brusquement le fond ouvert. Je pensai à l'identité du cri que j'allais pousser et d'un silence définitif. L'abbé, d'en bas, me tenait la jambe.

— Ne va pas, me dit-il, te tuer dans l'église. Si j'avais à chanter pour toi l'office des morts, ce ne serait même pas risible.

Il tenta dans le bruit du vent d'enfler la voix, mais il n'en tira qu'en fausset les premiers mots du « Dies iræ ».

C'était si pénible qu'à nouveau je sentis le cœur me manquer. Pourquoi l'avais-je été chercher ? Il était insipide.

. . . .

. . . . Tout à coup, je le vis, d'où j'étais : gisant sur un remblai de mâchefer, qu'enlaidissait l'herbe et les fleurs des champs . . . .
. . . .
. . . .
. . . .

. . . . J'étais suspendu sur le vide à l'échelle. Je vis mon frère agonisant entouré de bourreaux en uniformes : la fureur et la suffocation mêlées, une impudeur illimitée de cris, d'excréments et de pus... La douleur décuplée dans l'attente de brutalités nouvelles... Mais dans ce désordre de sentiments, c'était ma pitié pour l'abbé qui frappait : je suffoquais moi-même, je frappais, et ma chute dans la tour faisait de l'univers un abîme vertigineux...

J'étais en vérité tombé, mais, à grand-peine, et bien qu'il fût mal assuré, l'abbé m'avait rattrapé dans ses bras.

— Nous avons failli tomber, dit-il.

J'aurais pu l'entraîner dans ma chute, mais j'étais dans ses bras si abandonné que je pouvais me croire heureux. Sa sottise m'était secourable : dans un monde de vides, de glissements et d'horreurs voulues, il n'est rien que n'annule une simple pensée : celle de l'issue inévitable. D'être suspendu justement sur le vide, de n'avoir échappé à la mort qu'au hasard, j'éprouvais comme une gaieté un sentiment d'impuissance. Je m'abandonnais sans réserve et mes membres pendaient sans vie, mais c'était à la fin comme un coq chante.

À ce moment j'entendis la voix grave d'Eponine, à l'extrémité de la tour, articuler allègrement :

— Tu es mort ?

. . . .

— Patience, nous montons, répartit la voix de tête de l'abbé.

Mon corps, à l'aise, pendait toujours, mais un léger rire l'agitait.

— Maintenant, dis-je avec douceur, je reprendrai la marche.

Toutefois, je demeurai inerte.

Lentement la nuit tomba ; dehors, en longues rafales, le vent soufflait : l'impuissance d'un tel instant avait quelque chose d'ouvert et j'aurais voulu qu'il durât.

Peu d'années auparavant, mon frère jumeau n'était comme moi qu'un des jeunes messieurs du village : enfant, il avait eu les faveurs d'Eponine, qui traîna longtemps avec lui ; par la suite, Eponine ouvertement se dévoya ; il avait alors affecté, dans les rues, de ne pas la connaître.

Nous étions à mi-hauteur de la tour et, dans la pénombre, je n'étais séparé de la mort que par les bras de mon frère.

La méchanceté de mon humeur envers lui m'étonna.

Mais l'idée de la mort, peu contraire à l'état de glissement où j'étais, ne représentait pour moi

rien de plus qu'une rigueur avec moi-même : tout
d'abord, j'avais à combler les vœux d'Eponine.

Eponine n'était pas moins ivre que moi, quand,
pour répondre à un cruel caprice, j'allai chercher
l'abbé ; tout l'après-midi nous avions fait l'amour
et j'avais ri. Mais j'étais maintenant si faible
qu'à penser au sommet de la tour, à ce qu'il voulait dire, j'éprouvais au lieu de désir — mieux,
comme un désir — un grand malaise. Maintenant
le visage du prêtre suait, son regard cherchait le
mien. C'était un regard lourd, étranger, animé
d'une intention froide.

Je pensai : au contraire, j'aurais dû saisir moi-
même le corps inanimé de l'abbé dans mes bras,
le porter au sommet et dans la liberté du vent,
comme à une déesse mauvaise, l'offrir à l'humeur
détraquée de mon amie. Mais ma méchanceté
était sans force : comme en rêve, elle se dérobait,
je n'étais que douceur hilare, et promise à l'inconséquence.

J'entendis (je voyais en haut de l'échelle la
tête penchée d'Eponine) des cris de vulgaire
impatience. Je vis le regard de l'abbé se charger
de haine, se fermer. Les injures d'Eponine lui
ouvraient les yeux : il devinait maintenant le
piège où l'amitié l'avait fait tomber.
— Que veut dire cette comédie ? demanda-t-il.
Il y avait, dans le ton de sa voix, plus de
lassitude que d'hostilité.
Je répondis avec une maladresse voulue :
— Tu as peur d'aller là-haut ?
Il rit, mais il était fâché.
— Tu vas fort : tu es si noir que tu tombes

et c'est moi qui n'ai pas le courage de monter !

Je lui dis, amusé, sur le ton du chatouillement :

— Tu as un petit filet de voix...

Je réagissais passivement, mais en un sens l'apathie me laissait libre : comme si je n'allais plus me retenir de rire. Je criai de toutes mes forces :

— Eponine !

J'entendis hurler :

— Crétin !

Et d'autres noms plus malséants.

Puis :

— J'arrive.

Elle était hors d'elle de colère.

— Mais non, lui répondis-je nous allons monter.

Je restai néanmoins inerte. L'abbé me maintenait péniblement, à l'aide d'un genou et d'un bras, serré contre l'échelle : je ne puis m'en souvenir aujourd'hui sans vertige, mais alors un sentiment vague de bien-être et d'hilarité m'abusait.

Eponine descendit et elle dit à l'abbé quand elle approcha :

— Maintenant, assez ! Descendons.

— Impossible, dit-il, je puis le maintenir sans peine, mais je ne pourrais pas le porter et descendre l'échelle.

Eponine ne répondit rien, mais je la vis soudain cramponnée aux barreaux.

— Appelez, cria-t-elle, la tête me tourne.

L'abbé répondit d'une voix faible :

— Voilà tout ce qui reste à faire.

A ce moment, je compris que nous allions descendre, que c'était fini, que nous n'irions jamais en haut.

Je me tendis dans mon inertie et comme une paralysie n'immobilise vraiment que dans l'effort crispé, il me sembla que le suicide aurait seul le pouvoir de répondre à mon énervement : la mort était la seule peine à la mesure de mon échec. Nous étions tous trois contractés sur l'échelle et le silence était d'autant plus oppressant qu'à l'avance j'entendais l'appel de l'abbé : de sa voix de fausset, il tenterait d'attirer l'attention dans l'obscurité grandissante : ce serait risible, intolérable et dès lors, de façon définitive, par ma faute, tout se fermerait. Je me débattis à ce moment-là : mollement, mais j'aurais voulu me jeter dans le vide où j'aurais aimé l'entraîner. Je ne pus lui échapper qu'en montant : il devait tenir fermement les barreaux et ne put m'empêcher d'aller plus haut.

Eponine effrayée gémit :

— Tenez-le, il va se tuer.

— Je ne peux pas, dit l'abbé.

Il pensa qu'attrappant ma jambe, il aurait précipité ma chute : il ne pouvait que me suivre pour m'aider.

Je dis alors d'un ton net à Eponine :

— Laisse-moi monter, je vais en haut de la tour.

Elle se serra sur le côté et je montai, lentement, jusqu'au sommet, suivi de mon frère et de mon amie.

J'accédai à l'air libre, étourdi par le vent. Une large lueur claire, au couchant, était barrée de nuages noirs. Le ciel était déjà sombre. L'abbé C.

devant moi, la mine décomposée et décoiffé, me parlait, mais je n'entendais dans le bruit du vent que des mots inintelligibles. Je vis derrière lui sourire Eponine : elle avait l'air aux anges, elle était dépassée.

II

LA TOUR

D'avoir reconnu Eponine, qui était la honte du pays, qui jamais ne manquait de le provoquer, au passage, à l'amour (si elle l'apercevait dans les rues, elle riait et, comme on siffle gaiement un chien, elle claquait la langue et appelait « Puceau ! ») l'abbé avait eu un mouvement de recul, mais ne pouvait plus s'en aller ; et lorsqu'il arriva sur la tour, il voulut relever un défi qui allait si loin.

Mais il eut un instant d'hésitation : dans cette situation insensée, la douceur angélique, le sourire éclairé de l'intelligence ne pouvaient l'aider. Il devait recourir, reprenant le souffle, à la fermeté des nerfs, à une volonté dominante de pureté spirituelle et de raison. Nous avions, Eponine et moi, devant lui, la puissance vague, en même temps angoissée et moqueuse, du mal. Nous le savions dans notre désarroi : moralement, nous étions des monstres ! Il n'y avait pas en nous de limite opposée aux passions : nous avions dans le ciel la noirceur de démons ! Qu'il était doux, en quelque sorte rassurant, devant la tension coléreuse de l'abbé, d'éprouver comme une liberté un glissement vertigineux. Nous étions, elle et moi, hébétés, tout à fait ivres ; plus sûrement du fait de ma défaillance sur l'échelle, mon frère s'était pris au piège que nous avions tendu.

Rageurs, essoufflés et, sur une plateforme exiguë, retirés du monde, enfermés, en un sens, dans le libre vide des cieux, nous étions dressés l'un vers l'autre comme des chiens, qu'un soudain enchantement aurait figés. L'hostilité qui nous unissait était immobile, interdite, elle était comme un rire au moment du plaisir perdu. A ce point, j'imagine que, le temps d'un éclair, mon frère lui-même le sentit : quand la tête ahurie de madame Hanusse se montra à la porte de l'échelle, un hideux sourire, furtivement, défigura ses traits maladivement tendus.

— Eponine ! Ah la garce ! cria madame Hanusse.

Sa voix de harengère, qu'une saveur paysanne achevait de rendre mauvaise, dominait le bruit du vent. La vieille sortit, un instant le vent l'embarrassa : elle se tint droite, retenant sa pèlerine à grand-peine (son aspect avait l'austérité en grisaille d'un passé de sacristies froides, mais elle était mal embouchée).

Elle fonça sur sa fille, c'était une furie qui criait :

— La chienne, elle s'est soûlée et elle s'est mise à poil sous son manteau.

Eponine recula vers la balustrade, apparemment médusée par sa mère, qui allait révéler son ignominie. Elle avait l'air en effet d'une chienne sournoise, et déjà, en-dessous, elle riait de peur.

Mais plus vif et plus décidé encore que la vieille, l'abbé C. se précipita.

Sa voix mince, portée par le mouvement intime de la honte, ne se brisa plus : elle éclata en un commandement :

— Madame Hanusse, proféra-t-elle, où vous croyez-vous ?

La vieille était immense et elle s'arrêta d'étonnement, fixant le jeune abbé.

— Vous êtes, reprit la voix, dans l'enceinte d'un sanctuaire.

La vieille hésita, désarmée.

Eponine, un peu déçue, souriait péniblement.

Il y avait dans l'hébétude et la niaiserie affectée d'Eponine une sorte d'incertitude. Ivre et muette, elle était, au sommet du sanctuaire, toute docilité, et néanmoins la menace même. Apparemment, ses mains serrées sur son manteau le tenaient résolument fermé, mais elles pouvaient n'être là que pour l'ouvrir.

Ainsi était-elle à la fois habillée et nue, pudique et impudente. Se neutralisant soudain, les mouvements emportés de la vieille et du prêtre n'avaient pu que la rendre à cette immobilité indécise. La colère et l'effroi n'avaient eu pour fin, semblait-il, que cette attitude paralysée, qui faisait à l'instant de sa nudité l'objet d'une attente anxieuse.

Dans ce calme tendu, à travers les vapeurs de mon ivresse, il me sembla que le vent tombait, un long silence émanait de l'immensité du ciel. L'abbé s'agenouilla doucement ; il fit signe à madame Hanusse et elle s'agenouilla près de lui. Il baissa la tête, étendit les bras en croix, et madame Hanusse le vit : elle baissa la tête et n'étendit pas les bras. Peu après il chanta sur un mode atterré, lentement, comme à une mort :

Miserere mei Deus,
Secundam magnam misericordian tuam...

Ce gémissement, d'une mélodie voluptueuse, était si louche ! Il avouait si bizarrement l'angoisse devant les délices de la nudité ! L'abbé devait nous vaincre en se niant, et l'effort même qu'il tentait pour se dérober l'affirmait davantage ; la beauté de son chant dans le silence du ciel l'enfermait dans la solitude d'une délectation dévote : cette beauté extraordinaire, à la nuit, n'était plus qu'un hommage au vice, seul objet de cette comédie.

Impassible, il continua :

Et secundum multitudinem miserationum tua-
rum,
dele iniquitatem meam...

Madame Hanusse leva la tête : immobile, il maintenait les bras étendus, son aigre voix ponctuant la mélodie avec une admirable méthode (surtout « misera-ti-o-num » parut n'en plus finir). Ebaubie, madame Hanusse, furtivement, fit la moue et baissa la tête de nouveau. Eponine, tout d'abord, ignora la singulière attitude de l'abbé. Les deux mains à l'ouverture du manteau, la chevelure soulevée, la lèvre ouverte, elle était si belle et si crapuleuse que j'aurais voulu, dans l'ivresse, répondre au chant lamenté de l'abbé par quelque scie joyeuse.

Eponine évoquait l'accordéon, mais la pauvreté des musettes, ou du music-hall où elle chantait (mêlée aux mannequins nus), me semblait dérisoire à la mesure d'un triomphe si certain. Une église entière aurait dû tonner d'un bruit d'orgue et des cris aigus du chœur si la gloire qui la portait était dignement célébrée. Je me moquais de la chanson où j'avais aimé l'entendre, qui était, sur un air idiot :

> Elle a
> Un *caractère en or*,
> Eléonore...

J'imaginais la clameur d'un « Te Deum » ! Un jour, un sourire de malice ravie achève un mouvement qui avait la brusquerie de la mort : il en est l'aboutissement et le signe. J'étais soulevé de cette façon, dans ma douceur, par une acclamation heureuse, infinie, mais déjà voisine de l'oubli. Au moment où elle vit l'abbé, sortant visiblement du rêve où elle demeurait étourdie, Eponine se mit à rire, et si vite que le rire la bouscula : elle se retourna et penchée sur la balustrade apparut secouée comme un enfant. Elle riait la tête dans les mains et l'abbé, qu'avait interrompu un gloussement mal étouffé, ne leva la tête, les bras hauts, que devant un derrière nu : le vent avait soulevé le manteau qu'au moment où le rire la désarma elle n'avait pu maintenir fermé.

Par un silence, l'abbé m'avoua le lendemain (je l'interrogeai en manière de plaisanterie et, par honnêteté, il se tut), qu'il avait b... Eponine avait si promptement refermé son manteau que madame Hanusse, qui se redressa plus lentement, ne comprit jamais ce que voulait dire un visage émerveillé : l'abbé, les bras au ciel, avait la bouche ouverte !

III

L'ABBE

Après l'histoire de la tour, brusquement, le caractère de mon frère changea. Il sembla même à la plupart que sa raison s'égarait. C'était superficiel. Mais il se relâcha si souvent, et si souvent il eut une attitude déraisonnable, qu'il devint difficile à des étrangers d'en douter. Cette explication simplifiait les choses. Sinon, du côté de l'Eglise et des fidèles, il aurait fallut s'indigner. A cela s'ajoutait l'appui de la Résistance, dont il acceptait sans mot dire, et peut-être en un sens, indifférent, les missions les plus imprudentes. Je me levai, le lendemain, de bonne heure : j'avais hâte de le revoir.

Je n'avais pas d'intention arrêtée. Je voulais que Robert cédât au caprice d'Eponine ; mais ma méchanceté amusée ne l'emportait pas clairement sur le besoin que j'avais de maintenir entre nous une sorte d'amitié railleuse, où la raillerie n'aurait de sens que mon échec.

J'avais des sentiments bien vagues, avec la légère nausée qui venait de l'alcool de la veille et le malaise nerveux qui l'accompagnait. A dix heures du matin, dans la matinée pluvieuse, les rues de la petite ville avaient l'air d'absentes, dont le silence des fenêtres fermées n'aurait que vainement maintenu la mémoire. C'était déprimant mais inévitable. Une matinée de septembre à dix heures, dans R. : de l'immensité des possibles, je tirais celui-là, j'éprouvais comme une impudence du ciel qu'il me donnât chichement, de son éternité, ce moment limité et pluvieux d'une rue de petite ville.

Je traversai le jardin de la cure : la maison était là, me proposant l'ironie de son injustifiable réalité, durable mais fugace, qui enfermait mon frère et allait m'enfermer.

Dans la pénombre de cette matinée grise, l'abbé se tenait dans sa chambre, immobile, vêtu d'un pantalon de toile blanche et d'un gilet de laine noire.

Il se tenait muet dans un fauteuil et son affaissement répondait en l'accusant à la force qu'il avait eue pour me prier d'entrer.

Je ne compris pas d'emblée que, cette fois, il était vraiment défait ; je me demandai quelles raisons, s'ajoutant à celles que j'imaginais, l'avaient décidément fâché. Je n'avais pas ouvert les dents : une main qu'il m'avait tendue glissa sur le bras d'un fauteuil, elle tomba comme d'un pantin : venant de lui, c'était théâtral. Il le sentit sans doute. Il leva la tête et me dit sur un ton presque enjoué :

— Ah ! vraiment, c'est bête !

Mais il dut éprouver le besoin de faire celui qui croyait à mon innocence. Il sourit et conclut après un temps qui sembla long :

— Mais c'est bien, en somme.

Je comprenais mal alors et ne devais pas en

vérité comprendre avant que les événements n'eussent donné un sens clair à ces mots.

J'éprouvais seulement comme un malaise, si grand que j'ouvris la fenêtre grande, l'humidité de la maison, du presbytère, d'où le lit en désordre de mon frère, une table de nuit entrouverte, et surtout une odeur de vieillard, me donnaient l'envie de m'en aller.

— Tu as mal dormi, me dit mon frère. J'ai moi-même assez mal dormi.

Il demeura évasif.

Nous n'osions ni l'un ni l'autre aborder ce qui nous occupait vraiment : une fille du pays, en vacances, qui faisait la noce à Paris.

Qu'il avait changé depuis la veille !

Apparemment il voulut effacer l'impression que m'avait donnée son affectation de défaillance. Son amabilité évasive déguisa ce qui d'abord s'était ostensiblement avoué dans le sens de l'effondrement. Seuls étaient clairs un changement, une irrésolution, qui de sa part me déconcertaient. Je le croyais, j'essayais du moins de le croire : « Je viens le traquer chez lui, et déjà il est traqué ! » Je ne savais pas encore à quel point c'était vrai. Mais j'étais déprimé ; je me sentais traqué moi-même et, ne comprenant plus un désordre qui dépassait mes prévisions, je souffrais de penser au caprice d'Eponine, qui exigeait puérilement de moi que je lui livrasse l'abbé et, le matin même, m'avait mis le marché en main.

Mon agitation intérieure était pauvre, un dialogue cornélien s'engageait en moi, qui s'épuisait avant de prendre corps ; je n'aurais pu formuler les sentiments forts qui m'attachaient à mon frère et à cette fille. Je m'entendais intimement avec Eponine, je n'objectais rien à ses vices, et de tous ses désirs, celui d'avoir l'abbé me semblait à la fois le plus pur et le plus cruel. Mais mon frère ne pourrait survivre à la joie qu'elle voulait lui donner. Je pensais que cette joie, plus forte encore que celle dont Eponine me comblait, serait justement ce qui achèverait de détruire l'abbé.

Je finis par m'asseoir et je parlai longuement dans la chambre obscure et sans air : le silence de l'abbé, qui ne me répondait rarement que par un sourire pitoyable me donna l'impression de parler en porte-à-faux.

— Je suis venu te demander, Robert, de coucher avec Eponine. Ma demande ne peut te surprendre, mais tu n'y verras peut-être qu'un défi. Est-ce bien, néanmoins, la provocation inutile que tu affecteras d'y voir ? Ou n'est-ce pas, bien plutôt, l'échéance d'une obligation que tu n'as jamais voulu reconnaître ?

L'abbé protesta faiblement :

— Je m'étonne..., commença-t-il.

— Ne devrais-tu pas t'étonner d'abord de n'avoir jamais aperçu que ta résistance, si résolue qu'elle semblât, était vaine d'avance, car, tu le sais, « tu es perdu » ! — il est trop tard et tu n'éviteras d'aucune façon de lui céder.

Je m'attendais à le voir rire, hausser les épaules aimablement ; il se mit à la fin à sourire, mais si mal... La lumière indécise de la pluie donnait à ses traits une sorte de beauté défaite. Je m'étonnais : chacune de mes phrases le tirait davantage à l'absence.

Je m'inquiétai d'un changement aussi parfait, résolu à briser l'envoûtement que j'avais créé.

Je lui dis d'un ton plus vif, comme si, par une aussi grande absurdité, je pouvais l'éveiller.

— Tout d'abord, tu dois le savoir : elle ne viendra pas chez toi. Elle refuse !

— Le lui ai-je demandé ? fit sottement mon frère.

— Tu ne lui demandes rien ?

— ...

— Éveille-toi ? Tu la provoques depuis dix ans !

Je l'avais parfois représentée à mon frère. Quand Eponine avait fait l'amour avec les garçons du village, il ne s'était pas seulement dérobé : elle se mit, à treize ans, à coucher le plus qu'elle pouvait. Quand Robert, qui avait jusqu'alors partagé ses jeux secrets, affecta, dans les rues, de ne plus la connaître, cela sonnait d'autant plus faux que, jumeaux, nous changions parfois de vêtements. J'étais revenu entre temps de Savoie, où, malade, j'avais fait un long séjour. Je devins aussitôt l'amant le plus assidu d'Eponine. Dans ces conditions, elle enrageait de reconnaître Robert à un air absent, qui la faisait rire, lui laissant la gorge serrée. La soutane aggrava la comédie. Ce déguisement fut pour Eponine la plus irritante des provocations : les quolibets redoublèrent au passage, masquant un dépit qu'une sensualité vicieuse et l'habitude de mon corps rendaient plus aigu. Elle invitait les autres filles à rire, et comme elle ne pouvait répondre à l'insolence de Robert, sinon par une insolence plus grande (elle avait, très tôt, pris les pires habitudes), un jour elle l'aperçut à la nuit tombante, et courut devant lui à son allure niaise et fermée, elle sut que ce n'était pas moi : elle lui tournait le dos, elle leva la jupe, postant le derrière en l'air :

— Petit salaud ! dit-elle alors entre ses dents, tu ne veux plus voir mon..., tu le verras quand même !

L'abbé avait finalement décidé de ne plus venir à R., ou le moins possible. Mais, successivement, nos parents moururent et, durant la guerre, la maladie, sans parler de l'amitié, le ramena dans son pays.

Je l'y retrouvai comme il l'espérait, mais l'ayant appris Eponine décida de m'y rejoindre. Ce retour, cette fois, eut d'autant plus de conséquence que Robert avait accepté, pour deux mois, de remplacer le curé mort.

Je tançai finalement mon frère : jamais il n'aurait dû revenir à R. ; Eponine le sachant ne pouvait manquer d'accourir ; il ne pouvait plus l'ignorer : pour elle, l'attitude qu'il lui opposait avait pris le sens d'une obsession ; elle s'en rendait folle à la longue ; bref, elle en était, à sa manière, amoureuse, elle dont l'intérêt pour un homme était chaque soir improvisé.

— Tu méprises Eponine parce qu'elle se vend, mais non : même alors qu'elle avait des garçons pour s'amuser, tu ne la reconnaissais plus dans les rues !

Je repris à voix plus basse en sifflant les mots :

— Il y a dix ans que cela m'écœure !

Je me levai, je marchai de long en large, la pluie ruisselait sur les vitres, il faisait moins chaud et je suais. J'étais mal. Mon frère n'avait pas répondu : il avait une attitude de vieillard. Il m'irritait d'autant qu'au lieu des réparties plaisantes — et sûres d'elles — auxquelles il m'avait habitué, il m'opposait cette hésitation défaite. J'achevai sur un ton de colère contenue :

— Comment oses-tu la mépriser ? Elle ne supporte pas ton mépris : je mesure mes mots en disant qu'elle en est malade, elle en est malade pour la bonne raison que tu as tort ! Tu as tort et d'ailleurs tu es perdu : tu la fais rire, mais il monte d'elle vers toi une telle fureur que bientôt, tu seras malade, toi, du mépris dont tu t'es plû à l'accabler.

Je m'arrêtai, et brusquement, je sortis en claquant la porte. Il ne bougea ni ne dit mot.

Je me sentis, dehors, si bien dépassé par mes propres mots que je n'aurais pu en rire ni rien.

IV

LE PASSAGE

Madame Hanusse n'avait rien, au fond, contre
le dévergondage de sa fille. C'est en vérité qu'elle
en vivait : elle s'était la veille émue pour l'abbé
(dont la petite ville, amusée, mais choquée, savait
qu'Eponine le cherchait). Mais seul un excès de
scandale — et l'évidente pauvreté de mon
frère — avait pu la sortir des gonds. J'allai à la
nuit rejoindre Eponine. Je lui rapportai mon entrevue avec mon frère.

Nous étions dans sa chambre à neuf heures du
soir, la nuit était alors tombée. La rue de la maison Hanusse est peu passante et nous nous amu-
sions à la fenêtre du premier, mais Eponine,
qui penchait la tête au dehors, recula brusquement et me fit signe de me taire.

— Robert ! dit-elle à mi-voix.

Nous nous mîmes à l'abri d'un rideau, derrière
un battant de fenêtre, et nous vîmes arriver mon
frère. Nous étions étonnés qu'il passât dans cette
ruelle, qu'entre toutes il avait des raisons d'éviter.
Même nous nous demandâmes un instant, à voix
basse, s'il ne venait pas voir Eponine.

S'il l'avait décidé, il y renonça. Il passa lentement devant la maison, regardant la fenêtre du premier. Il s'arrêta plus loin et, se retournant, regarda cette fenêtre encore une fois. Puis il repartit, sa silhouette sombre me fit mal à voir, et elle se perdit dans l'obscurité.

Eponine me dit :

— Reste là !

Elle voulait lui parler, mais, dans les rues noires, elle ne put réussir à le retrouver. Elle revint sans tarder, visiblement soucieuse, et dix fois, elle me demanda ce que, selon moi, cette promenade insolite voulait dire ?

Nous nous perdions en suppositions. Il pouvait simplement m'avoir cherché, n'avoir trouvé personne et être revenu dans l'espoir de me rencontrer dans une rue qui, de la maison, menait à la cure. Quoi qu'il en fût, le seul fait témoignait d'un changement décisif. Jamais l'abbé, la veille, n'aurait pris cette ruelle, à moins de ne pouvoir l'éviter.

Le passage silencieux de Robert nous laissa, Eponine et moi, dans un sentiment agité : nous ne pouvions deviner ce qu'il annonçait. Eponine pouvait croire enfin qu'elle allait atteindre mon frère et rompre le silence qui l'humiliait. Mais elle ne pouvait en être sûre et l'espoir d'un résultat aussi anxieusement désiré ne pouvait dès lors que l'exciter davantage. Elle tremblait de nervosité, riait aux éclats et son léger corps, dans l'amour, eut des mouvements violents. Elle gigotait comme une poule qu'on égorge, et elle se tendait comme une toile dans le vent.

Soudain, la fenêtre ouverte, elle eut un cri, pour finir en imprécations suffoquées. Elle jeta à l'adresse de l'abbé une bordée d'insultes incongrues. Puis elle se tut et je n'entendis plus que le bruit de souliers que firent dans la rue des gamins apeurés qui filaient, qui nous avaient épiés faisant l'amour.

A voir passer mon frère devant la maison d'Eponine, l'impression d'horreur que j'avais eue m'avait laissé désemparé. Robert m'irritait depuis longtemps par une verbosité souriante, masque qu'il opposait obstinément à une intimité possible. Pour cette raison, je partageais le ressentiment d'Eponine. Dès lors, l'attitude de Robert à l'égard de ma maîtresse avait changé le cours d'une amitié sans réserve. Cela comptait même plus que les croyances ou la vie mesquine du séminariste. La foi chrétienne et ses conséquences me déplaisaient, mais j'en aurais volontiers parlé à Robert : j'en aurais parlé avec passion, des hommes peuvent s'entendre dans ces limites, ils peuvent s'opposer et s'aimer. Qu'il répondît en prenant l'air d'un mort au désir qu'Eponine avait de moi, avait au contraire écarté la tentation de l'ironie.

V

LA PROMESSE

Cette attitude ne me semblait pas seulement
lâche, c'était un reniement de soi, qui ne faisait
pas seulement de mon frère un faux-semblant :
ce mort me mettait le pied dans la tombe en ce
qu'au vêtement près, Robert était mon image
dans la glace.

Finalement la négation qu'il opposa à l'exis-
tence d'Eponine énerva le désir qu'elle avait de
moi ou que j'avais d'elle ; ce fut sans doute ce
qui rendit nos habitudes durables. Mais elle eut
cette autre conséquence : dans ces conditions,
Robert et moi n'avions de possibilité que le persi-
flage. Nous n'avions nullement cessé de nous voir,
mais réduits l'un et l'autre à la même humeur
railleuse, nous nous étions sottement enlisés, sans
issue, dans la négation achevée l'un de l'autre.
Chacun de nous ne parlait plus que pour irriter
les nerfs de l'autre. Ma visite au presbytère en ce
sens était la première où j'avais finalement livré
ma véritable pensée.

Comme en un coup de théâtre, tout avait
soudainement changé. Je l'avais vu le matin

même, le masque levé : un homme hébété qui se découvrait et n'offrait plus que sa défaillance à mes coups. Mais, loin de répondre à ma volonté, ces coups me laissèrent dans l'état de celui qui défonce une porte ouverte et s'étale de son long. Quand, le soir, j'avais vu passer mon frère dans la rue, j'aurais dû me réjouir de le voir, enfin désarmé, cesser de maintenir une comédie. Sa lente démarche dans la nuit avait eu le pouvoir d'avouer l'angoisse qu'il avait dissimulée. Mais cet effet inespéré ne me laissa pas satisfait.

Ce n'est pas sournoisement que j'aurais voulu retrouver Robert. Mon frère avait toujours été, il restait un autre moi-même, j'éprouvais comme sa cruauté mes moqueries et comme une impuissance — qui me dégradait — l'enjouement vide avec lequel il s'efforçait de me nier. Cette nuit-là, je parlai longtemps avec Eponine, et je m'accordai avec elle si étroitement que j'en fus surpris.

Eponine ne pouvait, de son côté, se satisfaire du malheur apparent de mon frère. Peu lui importait qu'il souffrît, car elle était encore niée dans sa souffrance ! Furieuse et lasse d'en rire, elle voulait de l'abbé qu'il la reconnût, qu'elle existât enfin pour lui, et comme elle savait n'avoir en elle-même de vérité que ses vices, elle ne respirait librement qu'à le séduire. Elle avait raison : au lit, le mépris qui se lie à l'état de prostituée se changeait en un sentiment de délice, qui était la mesure de sa pureté.

Elle parlait bas et vite, avec une éloquence qui l'étouffait.

— Robert, disait-elle, ne peut rien savoir. Je

veux qu'il sache, tu comprends. Il ne sait rien d'une fille aussi raide que moi !

Eponine nue parlait sans fin. Il y avait dans la rigueur qui la tenait en haleine une sorte de convulsion.

Je dus le lui promettre dix fois : j'irais chez Robert le lendemain, je ne le lâcherais pas qu'il ne m'ait promis de venir dans la nuit. Je ne devais pas le tromper : il serait prévenu, elle l'attendrait nue dans la chambre ; il n'aurait rien à lui dire, elle était une fille, on ne fait pas de boniment aux filles. Elle avait été autrefois, « en maison » : il devait tout savoir et venir chez elle, — chez sa mère —, comme dans une « maison ». La vieille le ferait monter, l'abbé lui donnerait cent francs s'il voulait (je la payais moi-même de la même façon) ; tous les curés voyaient des filles une fois ou l'autre ; bien entendu, Robert n'était pas le premier qu'elle « faisait ».

C'était le langage d'une prostituée, mais il y entrait une résolution si folle, un mouvement si durement tendu, que son indéniable bassesse ne pouvait induire en erreur : c'était au même instant le langage de la passion, qui affichait ces dehors vulgaires, afin d'écarter non seulement l'obstacle, le délai qu'on lui aurait opposé. C'était la plénitude de l'impudeur, qui regardait comme sienne la terre entière, mesurant sa violence à une étendue sans fin, et ne connaissant plus d'apaisement. Elle me dit encore :

— Crois-tu qu'il sentira le cierge éteint ?

Je la devinais dans l'ombre, les narines ouvertes.

VI

LA SIMPLICITE

Mon absurdité imagina, dans ma défaillance, un moyen de formuler exactement la difficulté que trouve la littérature. J'en imaginai l'objet, le bonheur parfait, comme une voiture qui foncerait sur la route. Je longerais d'abord cette voiture sur la gauche, à une vitesse de bolide, dans l'espoir de la doubler. Elle foncerait alors davantage et m'échapperait peu à peu, s'arrachant à moi de toute la force de son moteur. Précisément ce temps même où elle s'arracherait, me révélant mon impuissance à la doubler, puis à la suivre, est l'image de l'objet que poursuit l'écrivain : cet objet n'est le sien qu'à la condition, non d'être saisi, mais à l'extrémité de l'effort, d'échapper aux termes d'une impossible tension. Du moins, dans l'arrachement d'une voiture plus rapide, ai-je atteint le bonheur qui m'aurait au fond échappé, s'il ne m'avait dépassé selon l'apparence. C'est que la voiture la plus forte ne saisit rien, tandis que la voiture plus faible, qui la suit, a conscience de la vérité du bonheur, au moment où la plus rapide lui donne le sentiment de reculer. A vrai dire, je n'accédai qu'en rêvant à ce moment ultime de lucidité : le sommeil dissipé, je retrouvai sans transition l'inconscience irrésolue de l'état de veille.

Je me rendis de bonne heure chez Robert. Il ne me parut pas moins déprimé. Mais il avait eu le temps de mûrir sa résolution : il proposait sans ironie l'explication de son état.

Il parlait faiblement de son lit.

Il était, m'affirma-t-il, décidément malade. Il avait de nouveau la fièvre.

Il ne pouvait plus me dissimuler que le sol lui avait manqué. Il avait téléphoné à l'évêché : à son corps défendant, il avait promis d'assurer la messe du dimanche suivant ; ce serait là sans doute le dernier acte de sa vie de prêtre.

Je ne lui demandai pas moins paisiblement que lui :

— Je suis désespéré maintenant de sentir que je ne pourrai plus te parler sans passion. Entre nous, chaque phrase est nécessairement fausse. Je voudrais, mais je sais déjà, et tu sais que, dans peu d'instants, je ne pourrais pas éviter de devenir insidieux. J'ai beau te parler doucement, je voudrais retrouver ce qui est ruiné, mais c'est trop tard : je suis si bien endurci que je suis sûr de t'interroger en vain. Voulais-tu dire que tu abandonnais la prêtrise ? ou la vie ?

— Je me suis moi-même endurci, me dit-il, c'est bien la raison pour laquelle je n'ai pas entendu une question à laquelle je refuse de répondre. Nous n'en sommes plus à persifler et je ne sais pourquoi, depuis deux jours, je n'ai plus de masque ; maintenant, dis-moi durement, non insidieusement, ce que tu veux me demander.

— Ce soir, à neuf heures, Eponine sera dans sa chambre. Tu la retrouveras, mais elle refusera jusqu'à l'ombre d'une équivoque. Elle sera sans vêtements, tu n'auras pas à lui parler.

Quelque chose de mort coula dans le regard de mon frère, mais il me répondit sur-le-champ, comme s'il avait prévu ma proposition :

— Tu pourrais prendre ma soutane, dit-il.

Je protestai sans le moins du monde élever le ton :

— Je ne le ferai pas et je trouve mauvais que tu y penses. Je m'étonne de te voir proposer une solution de vaudeville. Tu le sens : aussi bien pour toi-même que pour elle, il te faut trouver un moyen de réparer le mal que tu as fait. Cela t'a semblé une comédie parce que, depuis dix ans, nous étions réduits, l'un envers l'autre, à railler. Précisément tout est faux entre nous depuis le jour où tu es passé devant elle sans la voir. C'est aujourd'hui la première fois que nous parlons sans déguisement. Je ne devrais pas le dire, puisque ta proposition, si je l'acceptais, nous ramènerait au point de départ.

L'abbé se souleva un peu et sourit, mais c'était un sourire désarmé ; il me dit simplement :

— C'est vrai...

Je poursuivis, faisant pour aller au bout de ma pensée et retrouver, entre mon frère et moi, la « simplicité », un effort qui m'épuisait :

— Tu ne doutes pas, lui dis-je lentement, qu'entre un masque et une soutane, il n'y ait plus de différence pour moi. Il n'est rien que tu m'aies dit depuis longtemps qui ne m'ait semblé affecté, mais il n'en était pas de même pour moi, je n'ai pas déguisé la vérité quand je parlais longuement d'Éponine : tu dois savoir et désormais tu n'en pourras plus douter, que tant de choses étranges que j'en disais étaient vraies. Elles devaient te sembler forcées, parce qu'elles témoignaient de beaucoup d'admiration. Mais ces vices, ces passions soudaines, cette ironie et cette audace exaspérée, cette cruauté d'une conscience froide et cette décision dans la débauche, tout ce qui dépasse en elle la commune mesure est simplement vrai. Mais il en faut tirer cette conséquence. Je ne sais pour quelle raison Eponine, qui aurait dû mille fois te mépriser, n'y est jamais parvenue. Peut-être a-t-elle eu le temps, petite fille, de t'apprécier et de t'aimer. Je ne sais si elle eut jamais une chance de t'oublier : ne suis-je pas depuis dix ans, le plus assidu de ses amants ? J'ai parfois senti très sûrement que notre identité physique, quand ton attitude morale est diamétralement opposée, est pour elle, au sens le plus fort, un déchirement : comme si le monde était en elle, ou devant elle, cassé en deux, mais les deux morceaux ne peuvent pas même être accordés.

— N'en va-t-il pas de même pour tous les autres ?

— Mais ce qui pour d'autres a toujours un sens lointain et demeure un malaise insaisissable est *là*, est *présent* chaque fois qu'elle te voit. Sans doute n'as-tu jamais pensé aux conséquences d'une identité si parfaite ? Tu comprends aisément que le premier effet de ton attitude fut de la souligner d'un trait rouge. Personne ne s'y arrête d'habitude, mais qu'une femme soit aimée charnellement d'un homme et que le sosie de cet homme lui marque un entier dédain, cet amour et ce dédain mêlés peuvent exaspérer les sentiments qui leur répondent. Sans doute cela n'aurait pas d'effet sur un caractère porté à se dérober, mais Eponine est, tout au contraire, avide d'être mise à l'épreuve et, précisément, elle s'est jetée, pour le pire et pour le meilleur, dans le piège que le sort lui tendait. Tu sauras qui elle est vraiment si tu saisis bien que, le sort l'ayant défiée, elle lui répondit par un pire défi, et si tu sais l'apercevoir tout entière dans ce défi. J'imagine que tu pourrais voir, maintenant, ce qui est irrémédiable dans une passion aussi nécessairement cruelle, — puisque Eponine ne saurait avoir un instant de paix qu'elle ne t'ait détruit. Si tu persistais néanmoins à ne voir que les aspects vulgaires de tout ceci, tu pourrais te sentir justifié, ces aspects sont en effet les plus apparents, mais, tu le sais, tu continuerais ainsi à te fuir toi-même.

L'abbé me répondit très vite, sur le ton d'un calcul impersonnel, excluant toute nuance d'hostilité :

— Je te sais assez ouvert pour savoir que, si je parlais maintenant, je parlerais pour ne rien dire, ce que j'ai l'intention d'éviter par égard pour toi et pour moi. Tu n'es pas étonné de me voir incapable à la fin de déguiser davantage. Mais ceci n'est pas une raison pour moi de dire ce qui m'arrive aujourd'hui. Il te suffit que j'aie cessé une comédie. Je désire peut-être que tu devines, mais je suis résolu, ou, si tu aimes mieux, je suis condamné à me taire. Cela m'est pénible, et même plus, car, au point où nous en venons, nous ne pourrions plus parler de choses indifférentes, si bien qu'au moment même où je me réjouis de t'avoir retrouvé, nous devons renoncer à nous voir : il est trop tard et tout est joué.

Robert était pâle, et je ne doutais pas de l'être aussi. Il me souriait. Je me levai, je lui pris la main sans la lui serrer, la gardant un temps dans la mienne.

— Je suis heureux, lui dis-je, que ce soit ainsi entre nous, mais je ne t'étonnerai pas : je suis aussi très malheureux.

Il dit encore :

— Bien sûr! malheureux... enfin, Dieu merci, tout est simple. Ne me demande plus rien. N'est-ce pas ? Tout est bien de cette façon.

Je serrai sa main et je lui dis (je crois que le ton évasif de ces mots prit le sens d'un accord définitif) :

— Oui, c'est bien ainsi.

Je savais gré à mon frère de m'avoir déconcerté en me répondant la seule chose qu'il pouvait répondre. Mais dehors, je me sentis d'autant plus mal que je n'avais rien à dire à Eponine.

VII

LE BOUCHER

Cette visite me laissa dans une entière solitude, car elle éloigna Eponine de moi. Les reproches qu'elle me fît, auxquels j'opposai vite un silence gênant, étaient d'autant plus durs à supporter que, dans sa colère, elle qui d'habitude exprimait, dans un vocabulaire grossier, un sentiment très juste des êtres, nous attribua, à mon frère et à moi, des motifs dont le plus avouable était la lâcheté. Sa déception, lui faisant perdre pied, ne pouvait la mettre à son avantage. Une fille criant au hasard, qui rejette sur autrui la cause de ses maux, est près d'être odieuse. Au surplus, nous nous accusions l'un l'autre, en nous-mêmes, d'avoir mis fin par notre faute aux débauches heureuses qui allaient nous manquer également. Ainsi étions-nous diminués de toute façon l'un par la faute de l'autre, et pour chacun de nous, l'autre, étant la cause de cette diminution, inévitablement semblait hostile. Du moins, en était-il ainsi, sans réserve, pour Eponine, car, le même regret me faisant mal, je ne pouvais m'empêcher de me redire avec une sorte lamentable de gaieté : « *C'est bien ainsi* : le moment est venu, et il est temps que tout s'en aille !... »

Eponine était plus fermée. Que, d'accord avec Robert, je me fusse moqué d'elle à ce point, lui sembla un comble de perfidie. Elle se vit atteinte dans le sentiment qu'elle avait de respirer la violence et de m'avoir fait confiance si mal à propos. Elle criait qu'elle était risible, elle avait honte de s'étaler dans le piège qu'un lourdaud lui avait tendu.

— Bien sûr, me dit-elle, tu es la même chose que ton frère, un *ercu* (elle employait cet anagramme depuis longtemps)... Mais tu m'écœures avec tes tons graves et tes phrases en balancier.

Elle sortit en claquant la porte et je restai seul assis sur ma chaise, égaré dans cette chambre paradoxale où, à la vétusté de la province, se mêlaient, tristement désordonnés, le linge, les parfums et les robes de Paris.

Je me sentis alors dépossédé et furieux, comme si le sort s'acharnait soudain à me déposséder, à m'accabler. Je restais désespérément seul : Eponine s'en allant avec mon frère, j'étais le tronc pourri dont les branches se détachent l'une après l'autre. Cette solitude pouvait être désirable, et j'avais pu l'attendre et en rêver, mais, déjà, hors de moi, je n'en voulais plus rien savoir.

J'entendis un pas dans l'escalier. Eponine pouvait prendre un objet dans sa chambre : elle entrerait et ferait semblant de ne pas me voir. Mais comme un flot de vie est toujours prêt à nous porter, mon cœur se serra — au moment où madame Hanusse ouvrit.

Elle entra sans frapper.

Je me levai, enrageant de devoir lui parler.

Elle eut une bienveillance paysanne, qui avait au moins le mérite de l'absurdité.

— Alors, mon pauvre monsieur, dit-elle, on s'est fâché. Vous avez l'air tout ennuyé...

Elle reprit :

— Mais, pour fâchée, Eponine l'était. Vous savez ce qu'elle a dit, ma petite garce ?

— Oui ?

— Elle a filé sans me laisser le temps de lui répondre. « Va vider l'ordure que j'ai laissée là-haut », c'est ce qu'elle m'a dit.

Je demeurai muet et refroidi à la limite, d'un mauvais rire et du dégoût, ne sachant que dire ni que faire, mais soucieux, devant la mégère, de m'en aller dignement.

Madame Hanusse recula vers la porte, écouta attentivement et, comme elle n'entendait rien, elle eut l'air sournois qui m'aurait à d'autres moments forcé de rire. Elle murmura entre ses dents :

— Allez, quand elle sera calmée, je vous préviendrai.

Je plaçai un billet sous un flacon et lorsque, m'en allant, je lui dis très bas : « Merci, madame Hanusse », nous eûmes un sourire entendu. Mais quand je vis mon ombre dans la rue et que j'entendis mes talons sur le pavé, le souvenir de ce « Merci, madame Hanusse », eut quelque chose d'écœurant qu'aucun espoir ne compensait.

Je me dirigeai vers le bar où nous buvions d'habitude, mais je n'entrai pas. Je le savais : je n'avais nullement l'intention d'y boire, mais de regarder si Eponine s'y trouvait. Pourtant, j'appréhendais de la rencontrer ! Le désœuvrement seul m'engageait à gratter ma démangeaison dans cet agacement grandissant qui vient de la certitude d'empirer le mal. J'allai pour la même raison à la boucherie : je maniai la porte et ne m'étonnai pas de la trouver fermée, les rideaux tirés. Il n'était pas rare alors de trouver fermée la porte des boucheries : je pensai toutefois qu'Eponine entendant, derrière les rideaux, la porte manipulée, écoutait, soudain immobile, et restait dans l'attente à demi anxieuse, à demi plaisante que j'imaginais.

Je ne me trompais pas. Je repassai par la même rue, mais n'essayai plus d'ouvrir : un instant, j'entendis de l'intérieur le faible bruit d'un râle. Je n'avais plus de doute. Assoiffé, je revins au bar. Je n'étais pas jaloux d'Eponine, qui aimait la boucherie et que fascinait la carrure du boucher : elle ne cachait pas ses visites, au contraire (même jamais, me disait-elle, elle n'achetait autrement la viande). Mais je jouais alors à m'agacer les nerfs : je guettai du bar Eponine et la vis sortir de la boucherie. Elle était belle, impassible, et j'étais pitoyable, si parfaitement et si vite seul. De peur qu'elle n'entrât dans le bar, je payai et me dirigeai vers le fond, décidé, si elle entrait, à sortir par une autre porte. Il faisait dans les lieux où j'urinai une chaleur irrespirable. Je dus longuement essuyer la sueur de mon visage. J'avais l'impression d'être « à ma place » et d'avoir voulu étouffer ainsi. J'aurais pu gémir, crier : « Encore ! ». Dans le temps où je restai là, j'imaginai Eponine au bar avec le boucher, l'excitant, si je venais boire, à me chercher noise. C'était un grand gaillard de trente ans. Si résolu que je fusse, je ne dirai pas à l'abattre (je n'en avais pas la moindre envie) mais plus modestement à lui tenir tête, je me savais vaincu d'avance. Je me décidai sur-le-champ à revenir boire, mais ma décision acheva de m'humilier : en effet, n'avais-je pas vu, l'instant d'avant, Eponine sortir *seule* de la boucherie ?

Je passai finalement par la porte du café : Eponine n'était pas au bar.

J'allai à la boucherie dont la grille était ouverte. Derrière les rideaux, la salle dallée gardait une fraîcheur agréable. Deux moutons pendaient à des crocs et, la tête en bas, pissaient légèrement le sang ; il y avait sur l'étal une cervelle et de grands os, dont les protubérances nacrées avaient une nudité agressive. Le boucher lui-même était chauve. Il sortit de l'arrière-boutique, il était immense, calme, lent, d'une santé, d'une brutalité évidentes. Son ironie apparente (mais peut-être imaginaire) m'amusa. Je lui demandai le meilleur morceau ; j'attendais le refus habituel. Le « tout ce que vous voulez » suave, souriant, qui me répondit, était vraiment hors de saison. Il saisit rapidement un couteau étincelant, et il en affûta la lame, en silence, avec attention. Le bruit et l'éclat de l'acier dans ce lieu de sang avait la dureté résolue du plaisir. Il était étrange d'imaginer Eponine se dénuder et défier d'un sourire affreux ce géant chauve : la bestialité sournoise de la vie avait, dans ce cadre, une simplicité de meurtre ! Le boucher prolongeait sensuellement la caresse de l'acier sur le fusil. Peut-être avec un sentiment de complicité, mais plutôt, je l'imaginai, pour jouir, en même temps que d'images encore fraîches, d'une puissance physique sûrement monstrueuse.

73

Le pire était d'en être au point où, par une obscure fatalité, chaque chose est portée à l'extrême, et de me sentir, en même temps, lâché par la vie. Le sort me proposait une danse si parfaite que ne pas pouvoir la danser me donnait un accès de fureur déprimée. A moins que la danser ne fût justement de dire, avec ce ton de chèvre, au boucher qui me mit le « filet » dans la main : « Combien vous dois-je ? » — de payer en protestant : « Mais, c'est trop peu, vous vous trompez ! » — de ne pas même serrer les poings pour répondre au joli sourire du monstre !

Mais non ! Fût-ce avec une élégance de David, je n'aurais pas aimé frapper ce faux Goliath. Je n'aimais pas non plus me dire qu'il m'avait défié, et qu'il avait cru m'humilier. Je me demandai seulement ce que j'allais faire ; j'allais boire un verre et manger le steak, le « filet », que la femme de ménage allait griller. Je boirais du vin. Mais après ? J'avais l'immensité vide du temps devant moi. J'étais seul et c'était malgré ma volonté. C'était d'autant plus dur que cette solitude, néanmoins, avait répondu à mon exigence. Avais-je hésité à quitter mon frère quand j'avais compris ? N'avais-je pas, dès lors, été sûr qu'Eponine ne pourrait me passer mon revirement ?

VIII

LA MONTAGNE

Je veillai à la maison sur le « filet » : je le voulais grillé comme il convient, mais, s'ajoutant à un état d'angoisse, l'indifférence de mon frère à la nourriture — et le fait que, ce jour-là, je ne l'avais jamais senti plus près de moi — me retiraient plus qu'à moitié le plaisir de manger (je bus d'autant plus vite). Dans l'immense salle à manger où, d'autres jours, j'aimais à manger seul, parce que le charme d'une maison est la plus douce des compagnies, j'eus le loisir de mesurer ma solitude au désordre de mes pensées. J'avais mis des livres à côté de moi. Je les avais choisis dans la pensée qu'ils me rapprocheraient de mon frère, mais mon frère ne voulait, ne pouvait rien dire, en dehors d'un parfait silence qu'il m'avait opposé. Sainte Thérèse ? J'aimais mieux le sourire du boucher, qui avait le goût de la mort sous la forme la plus sale ; ce sourire avait si bien le sens de mon étouffement que le cours de mes pensées précipité donnait sur le pire : je pouvais être un jour torturé par un homme qui ressemblerait à ce géant. Encore était-ce peu, la suffocation de l'enterré vif était seule la mesure de ma cruauté. Cette cruauté, toutefois, était moins rigoureuse qu'ironique. Elle voulait surtout que j'eusse la nausée de moi-même ; mais cette irrémédiable nausée avait pour limite et pour fin quelque objet dont, jamais, je n'aurais la nausée ! À ce point ma pensée se dérobait.

Je résolus aussitôt d'aller dans la solitude de la montagne, non pour en jouir, mais, ironiquement, j'imaginai cette solitude, après l'épuisement d'une longue marche, comme un lieu favorable où « chercher Dieu »...

Chercher Dieu ? Le vin qui ne pouvait, en aucune manière, mettre fin au désordre de mes pensées, me suggéra néanmoins l'idée obstinée de chercher, — à l'image des ascètes, dont le soleil, sans trêve, me semblait sécher les os, — ce qui met fin, comme la mort, à tout le désordre des pensées. Ne devrais-je pas, puisque, sans retour, j'étais enfermé dans ma solitude, épuiser les lointaines possibilités de la solitude, auxquelles sans doute les amours ou l'amitié empêchent d'accéder ? Mais quand, sur la route, la magie d'immenses paysages se joua devant moi, j'oubliai ma résolution, je voulus revivre, et, au contraire, il me sembla que jamais je ne serais las de ces horizons ouverts aux promesses de l'orage, ni des jeux de lumière qui indiquent les heures, en passant d'un moment à l'autre qui le suit. Ce fut dans ma fièvre un instant de bonheur égaré, mais il ne voulait rien dire et je revins sans transition du plaisir de vivre à l'ennui. Le plaisir de vivre, en effet, renvoyait au monde qui m'avait rejeté : c'était le monde de ceux qu'un changement incessant unit et désunit, sépare et rassemble, dans le jeu que le désespoir lui-même aussitôt ramène à l'espoir. Mon cœur se serra et je me sentis froidement étranger dans ce paysage sans bornes, qui ne proposait rien qu'à la naïveté de ceux devant lesquels il s'étendait.

Que restait-il en moi quand l'ombre se faisait, que tombait sur le monde une obscurité hostile, où même il n'était plus rien que l'on discernât ?

Il ne servirait de rien, dans ces conditions, de continuer un chemin qui n'avait qu'un sens : que, parvenu au terme de la marche, cette dernière attente manquerait, qui maintenait en moi, de façon mécanique, le mouvement ordinaire de la vie. Cela même importait peu. Je marchais sans relâche et l'angoisse me donnait encore le sentiment d'un mensonge ; je n'aurais plus l'angoisse, pensais-je, si j'avais en vérité l'indifférence que je croyais. Dès lors, je revenais à ma pensée première. Que me restait-il si je n'avais plus, dans ma solitude, cette angoisse qui me lie au monde ? Si je ne tirais plus d'un goût persistant pour le monde un dégoût de celui qu'enferme la solitude ? Ne pouvais-je, je ne dis pas en un violent mouvement, mais par la rigueur de l'indifférence, trouver dans le cœur de la solitude la vérité que j'avais entrevue, furtivement, dans mon accord et ma rupture avec mon frère ?

Je compris alors que j'entrais, que j'étais entré dans la région que le silence seul (en ce qu'il est possible, dans la phrase, d'introduire un instant suspendu) a la ridicule vertu d'évoquer. C'était d'une agréable bouffonnerie claire, indifférente, à la longue intolérable (mais déjà mes dernières pensées impliquaient le retour au monde).

C'était si peu l'issue que j'allai jusqu'au bout du sentier. Je pensais à la mort, que j'imaginais semblable à cette marche sans objet (mais la marche, dans la mort, prend, elle, ce chemin sans raison — « à jamais »).

IX

LA GRAND-MESSE

La messe que mon frère devait célébrer, le dimanche, dans la grande église, devint le terme de mon attente. Elle serait la dernière et, déjà, le pouvoir de la célébrer était sur le point de lui manquer. Je ne pouvais raisonnablement en attendre un changement. J'avais, tout d'abord, espéré que Robert, libéré de la paroisse, rentrerait ce jour-là dans la maison. Mais il m'écrivit, me disant qu'il renonçait à ce retour : il voulait rapidement quitter R. Ainsi la seule occasion que j'avais de le revoir était d'assister à l'office du dimanche ! J'hésitais à le faire, mais il était probable qu'Eponine irait : je lui en avais parlé et elle s'était un instant départie de sa violence pour me demander l'heure à laquelle cet office aurait lieu.

J'imaginais même la possibilité d'incidents dont j'étais décidé, à l'encontre de mon insolence passée, à préserver mon frère au besoin. C'était si logique que madame Hanusse, apprenant dans la matinée l'intention d'Eponine, accourut chez moi. Je lui dis que, de toute façon, je comptais me rendre à l'église. Mais je la remerciai aimablement : à ce moment, malgré tout, j'étais heureux de la voir.

— Je passerai vous prendre, me dit-elle, on se cachera derrière une colonne !

— Non, répartis-je. Je vais au premier rang. vous vous cacherez si vous voulez.

— C'est qu'elle n'est pas moins fâchée, dit grossièrement la vieille femme...

A me sentir désemparé par ces derniers mots, je ne pouvais douter d'être moins indifférent — et plus niais — que je m'étais plu à le croire. Je mis un billet dans une main avare. Néanmoins, la grimace qui aurait dû creuser mes joues se changea sans effort en un sourire ouvert.

J'arrivai un quart d'heure à l'avance : l'église était encore à peu près vide. Ce vide achevait de rendre voyante la présence au premier rang d'Eponine. Mais Eponine n'était pas seule : deux jolies filles l'accompagnaient : elles étaient inconnues de moi. C'étaient apparemment des filles de Paris, élégantes, rieuses et rompues au plaisir. Les inconnues chuchotèrent à mon arrivée, et, sans tarder, tournèrent la tête de mon côté. La plus proche eut vite un sourire gêné — d'ironie ? d'invite ?, elle-même, sans doute, n'aurait pu le dire —, mais je dus lui répondre... La seconde sourit à son tour : c'était silencieux, furtif, et comme en classe ; dans les conditions qui se présentaient, j'étais moi-même loin d'être à l'aise.

Plus tard, Eponine me parla d'une panique qui la prit dans l'église : elle ne pouvait plus reculer (d'ailleurs, elle n'aurait voulu s'en aller pour rien au monde), mais elle le comprit : elle serait muette, immobile et médusée devant Robert ! Elle se vit d'avance annihilée devant la majesté de l'officiant, ne pouvant ouvrir la bouche, ni bouger, quand sur lui elle aurait dû se précipiter dans un désordre de vêtements, — et dans un flot d'imprécations vulgaires.

A cette paralysie s'ajoutait l'énervement de ses amies, qui venait lui-même du silence et de l'immobilité imposés. Elles se tenaient assises, assez tranquilles, se parlant seulement de temps à autre. Mais leurs rires étouffés fusèrent et de plus en plus la sorte d'étouffement où Eponine se débattait était propice à la contagion de ces rires puérils. Eponine ne pouvait d'ailleurs manquer de ressentir les côtés douloureusement risibles de cette situation. Je ne sais ce que lui dit sa voisine à l'oreille, mais elle rit, puis elle eut le plus grand mal à s'arrêter. Je la vis même, un peu après, se tordre nerveusement les mains : en cet état, elle tourna lentement vers moi un regard inquiet qui m'interrogeait. Oubliant sa rancune, elle cherchait un appui. Cela devait finir très mal; c'était si absurde à voir, en même temps, à ce moment-là, si apaisant, que je serrai les dents, sans pouvoir autrement que dans mes deux mains, réprimer le fou-rire qui me prit. Eponine aussitôt, puis ses amies, réagirent de même.

La présence au premier rang de ces filles voyantes, dont les yeux, la veulerie et l'allure rieuse avaient le sens d'une gaieté sensuelle, à elle seule, évoquait la pointe d'un chatouillement. J'imaginais mal, pour mon frère, une provocation plus pénible, mais j'étais en moi-même divisé par la crainte, l'attente et le désir de l'inévitable. Les couleurs vives, acides, de petites robes qui voilaient mal le « bien en chair » de jolis corps, qui en proclamaient au contraire les secrets étaient scandaleuses dans l'église. Eponine et ses amies étaient d'autant plus choquantes à leur rang, qu'elles étaient elles-mêmes agacées de sentir leur présence incongrue. Pour les fidèles, à la rigueur, cela resta inaperçu ; mais ces filles eurent néanmoins le sentiment d'être l'objet de l'attention. Elles me dirent plus tard l'idée qui leur vint, qui fut l'objet de leurs plaisanteries et de leurs rires étouffés : qu'elles étaient « au choix », comme elles le faisaient « en maison », mais le « monsieur » qu'elles attendaient était le prêtre en chasuble. Mon frère, sur lequel je savais maintenant qu'Eponine avait barre, mon frère dans l'éclat des ornements sacrés, mais qui, dès lors, atteignait l'au-delà de l'angoisse, allait tomber sur un scandale : il avait défié Eponine, elle lui répondait par une surenchère. La messe qu'il allait chanter, le souffle épuisé d'une vie désormais insoluble y porterait ses pas, mais à l'avance l'autel dont il gravirait les degrés était miné : déjà une ironie grivoise répondait comme sa corruption à l'ironie divine qu'il portait en lui. Ces beaux corps sans honte et ces rires vulgaires avaient quelque chose de sain et de basculant, qui médusait, quelque chose de lâche, de vainqueur, qui révélait l'imposture de la vertu. Je n'en pouvais douter : en présence d'Eponine, mon frère n'aurait plus le cœur de jouer son rôle. Mais l'angoisse tempérait ma certitude : c'était trop simple, trop parfait : dans le silence qui précéda l'entrée solennelle de Robert, je n'avais plus la force de rien admettre. Déjà, j'étais loin du moment où je redoutais le scandale. Il ne me semblait pas maintenant moins nécessaire que ne semble au dévot le déroulement nécessaire de l'office. Mais justement c'était trop beau : les choses tendues à l'extrême, nous allions tout gâcher ; nous étions dans cette attente à la limite du rire, nous pouvions, malgré nous, éclater, nous pouvions ne plus maîtriser le fou-rire que déchaîne le désir de le calmer. Ce fut sans doute ce qui nous sauva, Eponine et moi, au point même, qu'à la fin, l'appréhension nous déprima. Ce fut à la longue si pénible que les amies d'Eponine en furent désemparées. Quand l'orgue retentit, et que mon frère avança lentement, précédé d'enfants de chœur, vers la nef, ces filles rieuses eurent elles-mêmes un tremblement. Le cœur serré, nous vîmes, Eponine et moi, l'abbé, très pâle, hésiter un instant, il eut vers nous un regard noyé de malade, mais son pas s'affermit : il gravit les degrés du chœur et continua, vers l'autel, une marche rituelle.

Dans le bruit du chant, — une jeune femme à la voix aigre roucoulait l' « introït » — j'entendis chuchoter les filles. Elles chuchotaient mais, sensiblement, le passage de mon frère les avait interdites. J'entendis la rousse Rosie glisser à l'oreille de Raymonde : « Qu'il est chou ! » Mais cela soulignait le cours insensé que prenaient les choses.

Mon frère à ce moment nous tournait le dos, réduit à la silhouette sacrée de la chasuble : j'étais à la fois fasciné et déçu. La danse immobile et dérobée de l'officiant, — au pied, puis sur les marches de l'autel, — immobile, mais portée par le mouvement de foule des *kyriés*, par les bruits de foudre de l'orgue, avait dans ces conditions le sens irritant d'un embouteillage (un concert de klaxons y traduit l'impatience des voitures). Mais les chants de l'orgue se turent, et mon frère se retourna lentement, suivant le rite, dans la solennité de ce silence.

Je savais qu'il devait alors crier, d'une voix geignante, prolongée et venant de mondes lointains, un simple et bref *dominus vobiscum,* — et sensiblement, il fit, pour chanter, un long effort, — mais la voix ne sortit pas : il eut un sourire à peine visible, il sembla s'éveiller, mais au même instant se fermer, à une sorte d'enfantillage. Puis il jeta les yeux sur Eponine, et comme elle était, elle-même, saisie de peur, il tomba : son corps se défit soudainement, glissa et roula des marches de l'autel. Le mouvement de stupeur de l'assistance soutint d'un grand recul le cri d'Eponine, et je dus serrer fortement l'accoudoir d'un prie-Dieu.

X

LA GRACE

L'idée ne m'en vint pas sur le moment : cela n'eut pas l'air d'une comédie. Je ne compris que plus tard ce qui, à la longue, avait marqué le caractère de l'abbé : les mouvements trop rapides de sa pensée l'avaient depuis longtemps réduit au mensonge. C'était même ce qui en avait toujours décidé : il s'engageait sans peine et croyait sans discuter, car jamais vraiment il ne s'engagea et jamais il ne crut rien. Une ironie changeante l'avait conduit à la piété. Mais de la piété il avait joué follement, ou plutôt, il n'en avait connu que la folie. Je me dis maintenant que, sans cette absurde comédie, nous aurions continué à dépendre vulgairement l'un de l'autre. Et jamais, nous n'aurions eu de solitude. Ainsi était-ce la similitude, non l'opposition de nos caractères, qui nous avait conduits à manifester des sentiments incompatibles, ceux qui avaient le plus de chance de décevoir et d'irriter l'autre. Nous étions l'un à l'autre inadmissibles, en ce que nous avions la même irritabilité d'esprit.

Je devais à la fin savoir que cette opposition absolue avait le sens d'une identité parfaite. Mais le jour où mon frère tomba, je ne l'avais pressenti que depuis peu, quand il avait renoncé, entre nous, à l'affectation.

Je m'étais à peine repris : je me précipitai à son aide. Ce moment fut difficile : la foule en désordre s'approcha pour mieux voir. Je réussis, à l'aide du suisse, à dégager le chœur, où gisait le corps de mon frère. Seuls, deux sœurs et moi l'assistèrent. Revenus à leurs places, les fidèles attendirent debout dans un silence coupé de chuchotements ; Eponine, Rosie et Raymonde étaient toujours au premier rang. Je parlai à voix basse avec les sœurs, l'un des enfants de chœur revint portant des médicaments, de l'eau, une serviette. L'architecture classique du chœur donnait à la scène une gravité théâtrale. Eponine me le dit plus tard, elle eut le sentiment qu'un prodige l'emportait par delà la terre. Une sorte de solennité, plus déchirante, avait succédé à celle de la messe : le silence de l'orgue, le malaise de l'assistance, qui n'allait pas sans recueillement, — les dévotes s'agenouillèrent sur les dalles, priant presque à voix haute, — ne pouvaient faire que le spectacle ne fascinât. Sensiblement, la lumière de la grâce, malade et sainte, éclairait le visage de mon frère : cette pâleur de mort avait quelque chose de surnaturel, elle semblait celle d'un vitrail de légende.

Comme si elle posait pour une mise au tombeau, l'une des sœurs essuya doucement ces lèvres incolores, mais sacrées... Raymonde elle-même, plus moqueuse que Rosie, mais plus courte, se crut un instant revenue aux temps de divinité naïve, où elle écoutait, bouche bée, les dogmes du catéchisme.

J'étais moi-même agenouillé et nous attendions le médecin (j'avais prié l'un des enfants de chœur de le demander). Je me souviens précisément d'avoir été *porté*, suspendu dans l'espace d'un mirage, où rien n'était à la mesure de la terre. La bonhomie indifférente du médecin mettrait fin, à coup sûr, à cette sorte de « présence ». J'étais bouleversé, fiévreux, et j'aurais voulu naïvement qu'elle durât : stupéfait, je sentis un pincement à l'avant-bras. J'avalai ma salive et ne bougeai pas ; mon frère était inanimé : la bouche ouverte, la tête pendante, mais il me pinçait l'avant-bras ; il le fit si subtilement que personne n'en put rien voir. L'aurais-je imaginé ? Je n'osais croire être joué comme je l'étais. Je devais d'ailleurs demeurer impassible ; jamais je n'éprouvai de sensation plus bizarre : elle tenait du ravissement, de la honte et même du vice. Je tremblais au milieu du chœur : rien n'était plus voisin du désordre ou plus précisément de la volupté des sens. J'imagine une femme que dépasse une caresse inattendue, d'une perversité qu'elle aurait cru impossible, — mais qui, par une imprévisible atteinte, la mettrait vraiment hors d'elle. En un sens, j'admirais mon frère, il m'humiliait et m'enchantait (Eponine, sur la tour, n'était près de lui qu'un enfant), mais je craignis sottement pour sa raison.

J'avais hâte, cédant à la platitude, d'élucider une histoire aussi mal venue : j'accueillis le médecin avec soulagement. Les sœurs eurent en premier lieu le souci d'une cérémonie commencée qu'on ne pouvait interrompre sans dommage. Elles l'interrogèrent à voix basse.

— Ne pouvons-nous, dit la supérieure, le porter dans la sacristie ?

Le médecin répondit en vieillard bourru que d'abord il fallait sortir l'abbé des vêtements sacerdotaux : l'on n'avait pu le desserrer assez, ces ornements étaient inextricables.

— Mais, dit-il, exagérément nerveux, ce qui m'étonne est qu'en de telles carapaces, cela n'arrive pas plus souvent. Allons, il faudrait couper. Bien entendu, c'est beaucoup trop cher ! Dépêchez-vous, mes sœurs. Voyez, je ne peux l'examiner par aucun bout, cet homme est peut-être mourant.

L'une des sœurs se jeta sur la chasuble. L'enfant de chœur et moi l'aidions et nous commençâmes à le dépouiller, tandis que, méchamment, le docteur répondait très haut à la supérieure, accrochée à l'espoir d'une messe :

— Mais non, ma sœur, on ne demande pas de dire la messe à un homme qui défaille. C'est inhumain... Que font ces gens ? Ils attendent ?

— Qu'attendez-vous ? Inutile d'attendre. Voulez-vous qu'il continue à tenir, au-dessus des forces humaines, et qu'il retombe ? Ce n'est pas charitable, vous le voyez, cet homme est au supplice !

Inquiet, je crus voir un sourire involontaire se former, malgré lui, sur les traits figés de mon frère, le supplice était en un sens plus vrai que le médecin n'imaginait.

Le dépouillement du prêtre inanimé sur les degrés était funèbre. L'assistance, sans bruit, quitta lentement l'église. Je vis Eponine et ses amies se lever, s'en aller : elles avaient l'air bête dans ces conditions. La nudité de la soutane devant l'autel était macabre : le sanctuaire parut lugubrement vide. Les sœurs plièrent les ornements et allèrent les ranger dans la sacristie.

C'était fini, le médecin agenouillé hocha la tête.

— Nous allons le porter chez lui, dans ma voiture, dit-il. Rien de grave apparemment, de nouveau du moins.

Le suisse et moi portâmes mon frère à la porte de l'église, où attendait la voiture du médecin. La foule attendait sur la place, mais Eponine était partie.

Je demandai au médecin de conduire Robert à la maison. Les sœurs et le suisse en uniforme nous accompagnèrent.

XI

LE SOMMEIL

Il fallut déshabiller mon frère : il ouvrit les yeux mais ne répondit que vaguement aux questions que nous lui posâmes. Les religieuses, mais peut-être en raison de la peur que leur inspirait le médecin, s'employèrent timidement. A ma surprise, elles admirent sans un mot que mon frère eût été porté chez moi. (L'une d'elles suggéra néanmoins d'attendre que l'abbé revînt à lui pour déménager ses affaires : il devait être seul à décider). Le médecin me dit encore que, somme toute, rien de nouveau ne devait nous inquiéter. Il comprenait mal la cause de l'évanouissement : simple fatigue jointe à une grande nervosité. Mais il insista : Robert devait se soigner et se reposer tout à fait. Le séjour à la cure, très humide, était illogique. Il serait mieux à la maison : c'était incomparable moralement. La gaieté des sœurs était rêche, la servante sale, et la vie dans la cure était un avant-goût de la tombe. Robert malade, et gravement, il était temps de réagir.

Autour du corps inerte de l'abbé, l'incident avait suscité une grande agitation ; je m'y trouvais mêlé, sans toutefois rien avoir à décider.

C'était le meilleur moyen que j'avais d'attendre l'instant où je parlerais à mon frère. L'incident m'avait frappé au point d'y revenir sans fin, en cherchant le sens, les conséquences et les raisons d'être cachées. J'avais hâte de n'être plus seul, de parler sans témoin à Robert, ou de retrouver Eponine : les choses mêmes étant désormais consommées, je devais encore, autour d'elles, tourner et revenir afin d'en connaître tous les aspects. Je me méprisais et méprisais en moi une apparence de hardiesse, qui devenait minable au moment où je découvrais un immense vide.

J'étais sur le sommet le plus froid que l'on pût rêver, et je devais y vivre malaisément, sinon sans fierté. J'avais à disputer mon frère à la mort ou à la folie ! J'avais honte d'être si léger, et de n'avoir pas deviné le drame dans la comédie que jouait Robert, — ou la comédie dans le drame. J'étais désemparé, de la même façon que lorsqu'on aime. Mais j'étais si incapable d'aimer (à moins qu'au sujet de mon amitié pour Robert, on ne parle d'amour), que cette épreuve est la seule qui me donnât l'idée de ravissements involontaires et malheureux. Le sentiment que mon frère m'avait joué, qu'il perdait la raison, qu'il allait mourir, m'apportait des joies et des peines excessives.

Dans mon impatience, j'aurais voulu, sans attendre, parler à Robert (je le savais, ce serait lent, inextricable) ; j'aurais, au même instant, voulu retrouver Eponine (mais cela n'avait pas le moindre sens si je n'avais d'abord parlé à mon frère). Je n'avais plus le désir malade de me taire et, de tous côtés, je cherchais une échappatoire. J'attendais sans mot dire, mais le bouillonnement de mes idées était si fort que je dérivai au hasard, en tous sens, avant de me reconnaître condamné à l'absence d'issue et au non-sens d'une situation inhumaine.

En cet état d'excitation, j'accompagnai les sœurs à la porte et je revins, dans la chambre aux volets fermés, m'asseoir, sans bruit, au chevet de mon frère. A l'avance, je savais que l'explication n'en finirait plus, fut-elle possible ; je ne pouvais interroger Robert que lentement. Le pincement voulait dire qu'il trichait, mais il n'en était pas moins malade, et il pouvait devenir fou ; je pouvais me trouver, sans attendre, devant le pire.

L'abbé me dit d'une voix faible :

— Va d'abord déjeuner.

Je lui répondis doucement :

— Tu n'as pas à parler, je reste ici. Je ne dis rien. Tu devrais dormir.

— Non, dit-il, déjeune d'abord. Nous avons à parler, mais il te faut d'abord déjeuner.

J'allai manger, mais il dormait quand je revins.

Tard dans l'après-midi, l'on sonna : la servante annonça madame Hanusse.

— Monsieur Charles, dit-elle, on m'a dit que monsieur Robert n'était pas bien. J'ai cru me trouver mal quand il est tombé, mais, dites-moi, monsieur Charles, ce n'est pas grave ?

— Je ne sais pas, répondis-je.

J'étais intéressé par sa visite.

— Allons, dit-elle, ça s'arrange, ça s'arrangera. Et puis monsieur Robert est jeune. Mais, je vous l'avais dit, dès qu'elle.. hum…, je vous avertirais…

— C'est gentil à vous, madame Hanusse…

— Oui, bien sûr, et comme elle a besoin de vous… d'ailleurs elle le dit… Elle veut des nouvelles de l'abbé, de votre frère. Elle veut parler de lui avec vous. D'autant qu'elle est fâchée avec Henri...

— Quel Henri ?

— Le boucher... Allons, vous ne savez pas ? vous êtes le seul... Elle ne quittait plus la boucherie, j'en ai honte, je n'ose plus marcher dans les rues...

Elle me regarda longuement, d'un regard qui était une plainte. Des larmes coulèrent qui achevaient de trahir l'impudence de sa détresse.

— Hier, dit-elle, il l'a jetée dehors..., à la rue, comme une traînée. Mais bien pis...

. . . .

« Elle s'est mise à crier. Dans la rue ! Henri est sorti, il a tapé dessus. Et devant le monde, il lui a sorti ses vérités !... »

Je restai confondu, et elle observa un long silence. Des générations de tristes mégères avaient figé cette sorte de chagrin.

Elle hochait la tête.

— C'est vrai, dit-elle, plus dévergondée qu'elle on n'a pas vu !

J'ai du mal à dire le sentiment auquel je cédai : j'entendais mon cœur battre durement et il me sembla que, malgré mon angoisse, une ivresse intérieure ma gagnait. Je pris la main de la vieille femme et la lui tins avec compassion, mais, comme j'y avais mis des billets, doucement et la regardant, je fis en sorte qu'elle les sentît.

— Nous sommes bien à plaindre, dis-je.

Un témoin auquel ceci aurait échappé serait parti gêné à l'idée du malheur commun d'un amant et d'une mère. A moins qu'il n'eût, finalement, entendu, murmurés, les derniers mots de

93

madame Hanusse. Elle leva les yeux au ciel et glissa :

— Vous êtes bon, monsieur Charles.

Je pénétrai rarement à ce point les replis les plus sales de l'âme, et dans l'escalier où, sans hâte, je montai rejoindre Robert, je ris tristement à l'idée de l'horreur dont ils sont l'objet.

XII

LA SEPARATION

Je frappai doucement à la porte, j'attendis et, personne ne répondant, j'entrai sur la pointe des pieds. Je m'installai dans un fauteuil. Les yeux de Robert regardaient le vague, il émanait de lui un sentiment de sommeil qui gagne — et de l'impuissance de l'effort.

Il avait l'intention de me parler, néanmoins il demeurait perdu en un silence qu'il lui était contraire de rompre. Une torpeur l'arrêtait, semblable à ces paresses sans raison, qui empêchent de lever le doigt quand le temps presse et qu'à ne pas bouger nous perdons tout.

Sans doute, rien ne pressait alors Robert. J'étais seul à souffrir de cette inertie opposée à la soif que j'avais de *savoir* enfin. J'avais honte de m'être vulgairement joué de lui, d'avoir été aveugle et amusé. Les rôles étaient changés, son indifférence se jouait maintenant de ma détresse. Sa cruauté, cependant, n'avait pas la sotte malice de la mienne, elle tenait à ce poids infini de l'égarement, qui, le paralysant, lui ôtait le goût de parler.

J'avais honte, au même instant, de penser qu'il

devenait fou. Ce sommeil, qui parut l'accabler, qui le laissait inerte, abandonnant la figure qu'il avait, et se retirant, sans mot dire, de lui-même, ne pouvais-je y voir le déraillement de ses facultés ? Mais n'avais-je pas, au contraire, à lui savoir gré, dans une trahison parfaite de ce qu'il avait servi, de ne l'avoir en rien atténuée et de s'être borné à me pincer.

Il me sembla un instant qu'en cette hébétude passait une sorte d'amour étouffé, qui tenait du dévergondage, qui était ce qu'au gel d'un long hiver est au printemps le craquement des glaces, annonçant la crue des rivières. Il ne s'était pas dérobé et il répondait à nos provocations comme répondrait à la demande d'un baiser la jeune égarée qui mènerait l'amoureux à l'orgie. Il me provoquait à mon tour, et il provoquait Eponine, à un parfait dérèglement du cœur. Rien qui tienne en ces torpeurs, qui ne soit ruine et corruption, déguisement ou mensonge : le silence même n'était plus qu'une comédie.

Je me prenais à détester la cruauté qu'il avait à m'entraîner dans sa perte. Tant de comédie — de l'abbé jovial à l'agonisant de tragédie de l'église —, si je songeais au pincement, me donnait un mouvement de révolte. Toutefois je ne pouvais éviter de voir que la farce avait disposé de tout le possible. Ma mauvaise humeur elle-même m'ouvrait à une défaillance de fourbe, qui faisait d'une inertie hystérique un triomphe sur l'activité utile, d'une indifférence théâtrale un empire du cœur. Il me sembla que cette comédie avait paradoxalement le pouvoir de répandre autour d'elle le mensonge et la détresse. Allongé près de lui dans le vieux fauteuil, j'étais

dans la pénombre à la limite du rêve : le malaise me nouait, me paralysait, je glissais au
royaume de la mort, du sommeil où le silence
est le manteau d'immenses vanités. M'éveillant
dans ce dérangement du cœur, sous le regard vide
de Robert, jamais le monde ne m'avait paru plus
faux, il commandait une aberration silencieuse,
un glissement à la tricherie. Dans un mouvement
d'ironie mauvaise, je me trouvais mis à l'envers,
et l'envers a sur l'endroit l'avantage de ne pouvoir paraître vrai.

Là-dessus, Robert demanda de sa voix la plus
naturelle :

— Quelle heure est-il ?

J'eus du mal à saisir le sens de la phrase. Je
regardai longuement la fenêtre, puis, à mon poignet, ma montre :

— Six heures, dis-je.

— Est-ce possible ? dit Robert.

Je repris mes sens et lui proposai une boisson.
Un silence se passa, puis il prononça nettement :

— Je voulais te dire que je dînerai à la cure.
Je dois m'habiller s'il est six heures, car, si j'arrivais tard, je n'aurais plus à dîner.

— Tu as faim ?

— Peut-être.

— Tu pourrais dîner avec moi...

Il me regarda attentivement, comme s'il ren-
contrait une insurmontable difficulté :

— J'ai beaucoup de mal à parler.

Puis il eut une soudaine netteté, qui me surprit :

— J'avais l'habitude de mentir, mais maintenant je ne le pourrais plus et je n'ai plus la
force de parler.

J'étais si sottement agacé que je répondis :

— Tu n'as pas eu non plus la force de dire la messe.

Il eut une expression d'impuissance.

Il reprit :

— Je ne peux plus parler. Je le voudrais, mais les forces me manquent. Tu as l'air d'en être ennuyé. C'est pourtant mieux.

— Tu as eu la force de me pincer...

Il sourit furtivement, mais, comme s'il ne pouvait supporter sa propre ironie, son visage se figea.

Il parla plus durement :

— Je n'aime pas que tu croies à ma comédie. Je sais qu'en le faisant j'ai rendu mon silence pénible, mais justement, cela me dispense de parler.

Je me tus, oppressé de ne rien répondre, mais qu'avais-je à dire ?

Il ajouta, il semblait s'irriter de ma lenteur :

— Naturellement, j'aimerais te dire ce qui m'arrive, mais je ne pourrais te parler que de choses indifférentes. C'est la raison pour laquelle nous devons renoncer à nous voir. Nous ne différons guère l'un de l'autre et mon amitié pour toi est aussi grande que ton amitié pour moi. Si nous parlions de choses indifférentes, je finirais par te prendre pour un autre et maintenant...

Il sourit de telle sorte que je me souvins du moment où il me pinça.

— Pour être sûr d'une complicité aussi grande, il me faut me taire. Je devrais la perdre, si je ne renonçais d'abord à te voir.

Me rappelant ma légèreté récente, et ne doutant plus, alors que je refusais de l'admettre,

qu'il avait raison, littéralement le cœur me manquait. Si mon frère ne m'avait pas dit ces quelques mots, l'hébétude que m'avait donnée ses
yeux vides aurait duré. Je serais resté dans la
prostration qui suivit le sentiment d'au-delà dans
le chœur. Mais il me parla sans me voir, et
comme s'il avait voulu s'en aller le plus loin de
moi qu'il pouvait, — dès lors j'éprouvai le besoin de fuir, de ne plus voir ce visage lointain,
qui se dérobait même à mes larmes, — qui se
dérobait comme la seule vérité que je cherchais,
et que ma sottise avait méconnue. J'éprouvais le
besoin insurmontable de fuir, de le fuir, et je
comprenais qu'à la fin, je me fuyais moi-même. Je
le savais : ce qui m'était donné de connaître ne
l'était que pour le sentir définitivement m'échapper.

Cette agitation avait l'impuissance d'une colère, mais elle ne cessait pas de me détruire, de
m'ouvrir au remords et à l'inquiétude. Robert
malade avait-il dans ces conditions la moindre
chance de vivre? Même, ne cédait-il pas déjà à
la mort ? Je sentais que déjà il s'accordait à la
corruption de la mort ! qu'il vivait dans le goût
d'un silence lourd, qui serait sans tarder son
absence définitive ! Je me révoltais d'y penser,
mais ma complicité profonde n'était pas douteuse,
Je ne pouvais penser sans peur au vide où ma
voix l'appellerait en vain. J'aimais déjà sournoisement une odeur de soie et de feuille humide,
qui me faisait pâlir et, brusquement, dans l'escalier que je descendis, je pleurai. Je l'avais quitté
et ne doutais plus du sens de ces mots fascinants :
« Jamais plus ! ». Ces mots glaçants m'énervaient
comme un vice, mais c'était en moi-même, en
Robert, qu'entrait le froid, et la peur dont j'étais

saisi me donnait un sentiment de lâcheté. Comme si la mort inévitable de mon frère était le dédoublement — et l'emphase de ma propre mort ! Moi aussi, j'avais hâte d'être seul, de m'abîmer dans la fadeur de la solitude, de tirer les draps sur ma tête et de m'endormir dans ma honte.

XIII

L'ANIS

La supérieure m'attendait dans l'entrée. Je lui dis aussitôt que la volonté de Robert, qui apparemment allait mieux, était de rentrer à la cure. Elle venait seulement prendre des nouvelles, mais elle accompagnait volontiers l'abbé. J'obtins, au téléphone, une voiture de louage. Robert, qui s'habilla lui-même, refusa mon aide dans l'escalier. Entre la sœur, le chauffeur et moi, dans la robe noire et mal peigné, furtif, absorbé en lui-même, il avait l'air d'un condamné. Il ne desserra pas les dents, absorbé dans un effondrement moral si évident que j'en éprouvai un vertige physique.

Il me quitta à la porte de la cure. Je pensai qu'il n'aurait pas même un regard pour moi. Mais au moment de me quitter, il leva les yeux : des yeux où je lus l'indifférence, mais où un délire passait, des yeux d'homme ivre ou de drogué. Il me dit simplement « au revoir » et me tourna le dos pour entrer. La supérieure elle-même en fut gênée. Elle hésita et me tenant la main me promit de veiller sur lui, de me téléphoner des nouvelles.

Je voulais aller voir Eponine, mais je décidai de passer d'abord chez moi : j'avais soif. Je me versai un grand verre de fine et l'avalai, debout, si vite que je toussai. J'avalai encore une rasade. Je retrouvai une sorte d'euphorie. Je portai une seconde bouteille à la cuisine et priai la bonne de la remettre à la cure pour mon frère.

Eponine n'était pas seule. Je la vis de la fenêtre, attablée : Rosie et Raymonde, sa mère et elle buvaient de l'anis verdâtre. Tout le monde, quand je frappai, parlait à tue-tête.

Il émanait d'Eponine qui m'ouvrit une sorte de furie : à la voir ainsi, décoiffée, je me dis que les pythonisses de la Grèce avaient cet aspect vulgaire de diablesse... Sa voix rauque eut un cri :

— Qu'est-ce qu'il a dit ?

Je ne compris pas, tout d'abord, qu'elle parlait de Robert.

— Je le verrai, poursuivit-elle, il me dira... et je lui dirai... Entre ici, nous sifflons depuis des heures.

Elle me présenta à ses amis, me donna un verre et l'emplit. Les quatre femmes étaient noires, et cela me sembla bien. Je pourrais me laisser aller.

— Vous aurez du mal à nous rattraper, dit Raymonde.

— Il va tout boire, dit Rosie, me voyant descendre un verre, lentement, mais d'un trait.

Madame Hanusse, se levant, ouvrit l'armoire dont elle tira une bouteille pleine : elle la déboucha, la colla sur la table.

— Ecoutez, dit la vieille, l'abbé est tombé quand il l'a vue.

— Maman, ça fait une heure, fit Eponine, je te dis qu'il m'a vue en passant.

Elle geignait et semblait lasse.

— Vous, qu'en dites-vous ? me demanda rageusement madame Hanusse.

— Mais c'est sûr, dit Rosie ironiquement, s'il est tombé, c'est qu'il l'aime !

— Laissez-la, dit Raymonde.

Eponine se leva, avala un long trait d'anis et dit :

— Si Robert est tombé, je l'aurais. Si vous étiez dans ma peau, mauviettes, vous sauriez ce que c'est que vouloir un homme, mais Robert, je l'aurai : s'il est tombé, je l'aurai.

Elle se tourna vers moi :

— Si elles étaient dans ma peau, tu sais qu'elles n'attendraient pas, elles n'en pourraient plus. Je n'ai pas de honte, moi, je n'ai jamais de honte : depuis que j'ai vu tomber Robert, je suis comme une reine. Je ne peux plus attendre : je bois. Et tous les verres du diable ne me rafraîchiraient pas.

— Dis qu'ils t'échauffent, fit Raymonde.

Eponine s'écria :

— Il est tombé pour moi...

Elle était soudain hors d'elle ; sa voix, discordante, se cassa.

— ... à mes pieds !

Elle se rassit en riant.

— Je bois depuis qu'il est tombé.

Elle se tint la tête à deux mains, ne pouvant contenir un rire absurde.

Je pensai nettement : « J'ai les yeux secs ». Je sentais mon corps osseux, le peu de sommeil puis les larmes m'avaient desséché. J'avais le sentiment entre ces filles gaies d'être misérable : un épouvantail, un squelette poudreux, qu'une obsession libidineuse rongeait. J'eus néanmoins un caprice, qui répondait au désespoir où mon frère m'avait laissé, mais en même temps à l'amitié que j'avais pour Eponine.

Je lui dis, assez bas :

— Le sais-tu ? Robert est vraiment malade.

Elle avait encore un visage rieur, où l'étonnement défit le rire à la longue.

Je poursuivis, quelque peu gêné par l'ivresse :

— Tu vois, je suis un fou, un homme léger, ma légèreté est si grande que j'oubliais ces temps-ci qu'il est mourant.

Elle n'attendit pas :

— J'enrage, cria-t-elle. Je me moque que ton frère meure, mais je veux coucher avec lui. Mourant ou mort, je l'aurai !

— Finis ! Finis ! dit Rosie, elle est cinglée, non ?...

— Ce n'est pas ordinaire, dit Raymonde.

— Je voudrais la calmer, dis-je, mais j'en suis incapable.

— Et nous ? dit Raymonde.

La logique de Raymonde n'était jamais en faute.

Eponine debout haussa les épaules et parla attentivement :

— Tu vas dire à Robert... Tu lui diras que tu m'as parlé, que je vis dans l'attente de sa venue, car je sais maintenant où il en est lui-même...

Elle s'interrompit :

— Vous la voyez ?

La mère dormait, figée dans une pose incongrue, trahissant une humeur haineuse : à chaque souffle, il semblait que sa tête allait tomber de la table qui la soutenait.

— Dis-lui, reprit la fille, malgré elle souriant de la tête suspendue de sa mère, que je sais qu'il va mourir.

....

« Je ne le sauverai pas. Le pourrais-je d'ailleurs, je ne le sauverai pas, même il mourra vite le jour où je passerai mon envie sur lui. »

— Je ne lui parlerais jamais, lui dis-je. Il refuse de me voir. J'en suis sûr, il ne tardera guère à mourir. Je ne le reverrai plus.

Le sang montait à la tête d'Eponine. Les autres filles commençaient à rire.

Mais la mine de leur amie les arrêta.

XIV

LA SALETÉ

J'entraînai Eponine au dehors, à la porte, malgré mon indifférence inquiet de la voir énervée : je voulais convenir d'un rendez-vous.

Elle me dit de venir à onze heures, et elle me promit d'être seule ; j'avais tort de laisser les autres m'agacer. Ses amies avaient peur d'elle... Nous échangeâmes un instant dans la nuit de sournois attouchements, qui avaient déjà une douceur d'étable.

Je rentrai, et dînai des nourritures rares que je m'étais procurées pour Robert.

Je pensai devant les truites : « Vais-je pleurer de les manger ? » Mais j'avais déjà le cœur mort, déjà la saveur de mets accommodés pour Robert me donnait le sentiment des libertés d'Eponine, je me complus à des rêveries qu'un vin blanc acheva de rendre folles, et qui approchaient de l'écœurement. J'étais heureux d'être écarlate. A ce moment, la congestion et l'angoisse me semblaient au bonheur ce qu'est le produit authentique à l'ersatz ; je savais gré à mon frère de mourir et d'associer mes désordres à l'horreur de sa mort.

L'orage qui approchait et la chaleur qui achevait de m'affaiblir contribuèrent à ce malaise plus désirable que la vie. Je souffrais, je voulais souffrir, et cette douloureuse impatience avait la laideur de la nudité (la laideur et peut-être le délice).

J'étouffais, j'attendais l'heure et je m'endormis. Un coup de tonnerre d'une intensité extrême m'éveilla. J'entendis des rafales de pluie, les éclats de la foudre à travers cette eau donnaient le sentiment de survivre au-dessus d'un niveau de la mort, comme si, mort depuis des âges, je n'étais plus que ces eaux mortes et ces fracas de tonnerre mort, où ma mort se mêlait à la mort de tous les temps. Je demeurai inerte, étendu, dans ce déchaînement où je n'étais rien, sinon l'épave d'une vie impuissante, ce qui restait d'un mauvais rêve...

Je pensai, à la fin, que si, sans bouger, j'attendais Eponine, sa venue m'éveillerait, que je sortirais, si elle entrait, de cette participation étroite à la mort : cette pensée eut d'elle-même la vertu de m'éveiller, comme j'avais imaginé que l'entrée d'Eponine l'aurait fait. Je compris lentement que j'allais bouger, m'en aller et retrouver un corps dont les turpitudes me rendraient d'ailleurs à une équivalence de la mort.

En ce sommeil intense, une démangeaison m'éveillait, mais elle me rendrait à l'absence un peu plus loin ! Je me trouvai dehors, je n'avais pas prévu la pluie qui tombait en trombe. J'aurais dû me presser et courir : je le savais et je marchai lentement comme si l'eau m'alourdissait. Au pied de l'escalier, je dus enlever mes vêtements et les tordre, afin d'en exprimer l'eau. Je ne doutai plus alors d'être éveillé, mais n'y prêtai pas d'attention.

Je montai dans la chambre : un éclair l'illumina et je vis Eponine endormie dans un désordre de fête. Il n'était rien en ce lieu qui n'évoquât le dérèglement ; nul objet insolite, dans cette chambre de province, pas de linge, pas de livre dont le sens ne soit le plaisir énervé ; ce qu'Eponine avait gardé de vêtements achevait de témoigner de sa « mauvaise vie ».

Je m'étendis nu auprès d'elle. A la faible lumière d'une lampe voilée, j'avais le sentiment que l'on a dans les chambres des mortes. J'aurais aimé m'endormir dans ce bonheur... Le contraire arriva : j'épuisai la possibilité de l'amusement. Je ne sais quand mes égarements l'éveillèrent : Eponine prit plaisir à un demi-sommeil, où elle me dit, ouvrant à demi les yeux :

— Encore... Fais comme si j'étais morte...

Enfin, la supplication de mon corps s'éleva dans la profondeur d'église du sien, en même temps ma lenteur prit un sens affreux... : c'était si doux que nous nous abandonnâmes d'accord à une comédie : ce qui nous chavirait le cœur, par-delà le sommeil ou la volupté, tenait de l'angoisse de la mort. Je n'ai jamais connu d'excitation plus folle : nous suffoquions, puis nous tombions lentement de sommeil. Ce cauchemar voluptueux se prolongea.

Loin de s'atténuer à la longue, le plaisir devint si intense qu'il en fut presque douloureux : il était d'autant plus doux, mais il aurait cessé si nous avions cessé d'être dans l'angoisse.

La fin fut si épuisante qu'Eponine après un temps d'affaissement eut une crise de larmes.

Elle était assise sur le lit.

Elle me dit, comme elle dut — enfant — le dire à sa mère :

— J'ai envie de rendre.

J'imaginai les maux qui l'accableraient un jour, sa maigreur finale et l'inévitable malpropreté : l'ennui venait de l'impossibilité d'unir pleinement les moments extrêmes, le plaisir et la mort : même alors qu'il s'agit de la « petite mort », les deux phases s'ignorent, elles se tournent le dos.

J'avouai :

— Je ne suis pas bien non plus.

En de tels moments, le premier venu éprouve comme une impossibilité la nécessité d'être : la nécessité de n'être pas mort !

Le malaise m'empêchait de sentir le haut et le bas, j'étais réduit à cette sorte d'agacement infini où l'on aimerait mourir à l'idée qu'il durera, où l'on cesse néanmoins d'en attendre la fin.

Je dis à Eponine que j'allais partir, que j'étais hors de moi de fatigue.

Elle s'étendit et ferma les yeux, mais elle me saisit le poignet.

Puis elle me dit de m'en aller.

Dehors, au petit jour, à mes pieds, je trouvai une saleté devant la maison, sous la fenêtre d'Eponine.

Je pensai au dément qui l'avait déposée et me demandai pour quelle absurde raison.

(Mais la chose même était d'accord avec un effondrement sans limites.)

LES CRIS

Sur le moment, cette saleté, déposée avec intention sous la fenêtre d'Eponine, m'intrigua au point que je voulais revenir lui parler. Je songeais aux sentiments troubles qu'un hommage aussi répugnant pouvait lui donner. Je me dis à la réflexion, si insensé que cela fût, que cette sorte d'histoire est banale. Je rentrai chez moi. Je tentai en vain de dormir et je somnolais seulement quand le téléphone appela. La supérieure me prévenait : mon frère allait mal, il souffrait de douleurs si intenses qu'elles lui arrachaient des cris. Il ne m'avait pas demandé, mais le médecin allait venir et « monsieur l'abbé » semblait si mal qu'il valait mieux que je fusse là.

Je m'habillai rapidement : il était neuf heures. J'entendis des couloirs crier mon frère. Je le vis, contracté, se tenant le ventre : la douleur lui arrachait des râles de la gorge, qui parfois se changeaient en cris.

Il était nu, plié en chien de fusil sous les draps en désordre. Il était blanc et la religieuse essuyait la sueur de son visage.

Je lui demandai :

— Où as-tu mal ?

Je ressentais moi-même un malaise physique. Machinalement, j'ôtais de la table de nuit des verres vides qui l'encombraient, je tremblais en tenant les verres. La bouteille de fine, que j'avais fait porter la veille, était sur une commode, largement entamée.

Robert ne répondit pas.
La religieuse le fit pour lui :
— Il souffre du ventre, il ne parle guère et je n'ai rien pu voir de précis.
Je demandai sa température à la sœur :
— Il a seulement 38,3. Je n'ai aucune idée de la cause de ces douleurs, dit-elle. Souffrait-il ainsi lorsque vous étiez enfants ? J'ai la plus grande hâte de voir le médecin. J'en ai le ferme espoir, cela pourrait ne pas être grave, mais je crois qu'il est bien que vous soyez là.
Sa voix était délicate, calme, et, de quelque façon, lointaine.
Elle s'assit et commença d'égrener un chapelet.
Robert avait pris un analgésique qui allait peut-être agir.
Je réussis moi-même à m'asseoir : j'enlevai les vêtements de l'abbé d'un fauteuil et je vis sans m'y arrêter que la soutane était tachée de boue.

J'arrivais aux limites extrêmes de la fatigue. J'avais trop bu la veille, je n'avais pas dormi. Tout se dérobait devant moi. Je pensai même que la séparation, qu'un moment d'apaisement précéda, avait eu, malgré ma solitude, une sorte de douceur ; du moins avait-elle de l' « intérêt ». Tandis que, ce jour-là, mon frère ne me parlait plus, même ne me voyait pas : la douleur le tenait si bien et il la subissait avec une attention si absorbée, que la ressemblance de l'amour avec elle me gênait. Ce laisser-aller était d'une vulgaire impudeur. Mon frère avait le don d'un immense désordre, d'une inconséquence qui le dépassait : un torrent capricieux, imprévisible, tour à tour silencieux et troublé par une brusquerie orageuse, entraînait dans ses eaux une vie défaite, — que ma sottise avait imaginée joviale. Je ne m'étais pas alarmé la veille des lésions qui l'avaient décidé à se reposer : soudain je le voyais dans la lumière de la mort.

En cette matinée malheureuse, je sentis que je perdais pied. La vie de mon frère ne me semblait pas seule menacée, mais la mienne. Je n'avais pas à craindre de mourir mais de n'avoir plus le cœur de vivre, du moins de la seule vie qui m'importât. Je n'avais plus devant moi que le lit de douleur de mon frère : il gémissait, il criait, mais ne parlait plus, et toutes choses, à l'approche de la mort, étaient vides de sens. Le mal au cœur et la fatigue consécutive à l'insomnie ajoutaient à ce sentiment une impuissance à le dominer. Mon frère ne m'avait parlé que pour mettre fin à la possibilité de me parler. Je ne le voyais plus que pour mieux savoir que je serais maintenant loin de lui. Je ne voyais que la chose même qui l'éloignait du monde visible et je pensais n'être vivant que pour mieux me savoir mort.

Robert se tut et les spasmes de la douleur s'atténuèrent. Je voulus lui prendre la main, mais j'étais si bien fait au sentiment de la mort que cela me sembla mal. Un insensible mouvement de prière agitait les lèvres de la sœur. J'étais oppressé et voulus sortir de la chambre. J'avais peur d'être malade et ne restais là que par aberration. Enfin, le médecin entra et je descendis au jardin.

L'abbé n'avait rien qui alarmât le vieil homme. Il l'avait longuement examiné, mais rien ne répondait à ces douleurs. Le malade parlait difficilement. Cela pouvait être le contre-coup d'une dépression nerveuse... On devait, de toute façon, le laisser en paix. La sagesse du vieillard me frappa : il lui sembla que mon frère énervé se conduisait de manière à m'inspirer de l'inquiétude. L'antipathie du médecin pour les prêtres englobait mon frère, mais cet homme tirait d'une obscure et longue expérience une pénétration insidieuse... Aurais-je cru, entendant gémir Robert, que ses cris étaient forcés ? que c'était une comédie ? L'idée était risible, mais je n'avais pas la force d'en rire et elle ne pouvait pas m'apaiser. Elle marquait l'abîme qui me séparait de mon frère, qui s'était dérobé dès l'instant où il se connut semblable à moi, où il mesura le vide des principes qu'il m'avait opposés. Néanmoins je vivais, tandis qu'il sombrait de renoncer à l'espoir et aux interdits de la religion. A ce moment, je le soupçonnais encore de vouloir montrer, par un exemple, que la vie hors de l'Eglise a l'impossible pour lot.

Même cette comédie affirmait la misère de l'homme que l'espoir abandonne, — insignifiant et nu, — en un monde qui n'a plus de loi, plus de Dieu, et dont les bornes se dérobent. Je sentais le désir et la peur l'engager du côté du mal. J'étais si souffrant que je déraillais : mon frère impie, je devais, à sa place revenir à Dieu. Le remords me rongeait, ma légèreté me faisait horreur, j'avais enfin peur de mes vices.

Je n'attendais de la religion aucun secours, mais le temps venait de l'expiation. Je mesurais à l'apparente possibilité d'une aide l'horreur de l'impuissance définitive, d'un état où, décidément, il n'y aurait plus rien que je dusse attendre. Ma misère ressemblait à la saleté déposée devant la maison.

La religieuse sortit de la chambre de Robert, où il valait mieux que je n'entrasse plus : elle était le seul lien qui me liât encore à mon frère. Sa douceur même et son amabilité monacale me glaçaient, mais au moment de la quitter, je ne pus cacher mon émotion : un mouvement de douloureuse amitié me portait à contre-sens vers cette femme que je haïssais, et qui me trahirait dès qu'elle le pourrait.

XVI

LA MENACE

Madame Hanusse m'attendait dans l'entrée.

Elle était plus mesquine et plus harengère que jamais.

— Vous l'avez vue ou vous ne l'avez pas vue ? dit-elle, dressée de toute sa taille.

— De qui parlez-vous ? répliquai-je.

— Pas d'une personne : c'est une chose, dit-elle.

Elle baissa alors la tête et la secoua.

— Ou bien... c'est la chose d'une personne.

— Je suis très fatigué, madame Hanusse, et ne suis guère en état, aujourd'hui, de répondre à vos devinettes.

— Vous n'avez rien vu ?... Au petit jour, ce matin, quand vous avez quitté ma fille ?

A ce moment, je compris ce dont elle parlait. Je me décidai à m'asseoir, et j'étais si las que la bouffonnerie de cette affaire m'échappait.

— Alors, vous l'avez vue !

— Est-il inévitable d'en parler ?...

— Parbleu ! même Eponine m'a dit d'aller vite. L'autre jour, elle voulait vous dire : le boucher lui a dit qu'il vous tuerait !

— C'est donc lui ?

— Mais qui d'autre ?

— Vous n'en êtes pas sûre. Eponine elle-même en est-elle sûre ?

— Parbleu !

— Mais quelle preuve ? Elle ne l'a pas vu.

— Des preuves, mon bon monsieur, des preuves à la pelle. Vous allez saisir, ça veut dire : il vous tuera si vous revenez. C'est simple, il attend le petit jour, vous sortez et il vous tue, ça veut dire : « N'y revenez plus, sans ça... »

— Mais la preuve ?

— Vous voulez mourir ?... J'ai à cœur de vous servir et je ne veux pas qu'il vous arrive malheur. Vous êtes aimable et respecté. Je n'aimerais pas vous trouver mort devant ma porte.

— Eponine vous a-t-elle demandé ?...

— Parbleu ! Elle ne veut pas que vous mourriez.

— Prévenez-la. Je viendrai ce soir, à onze heures.

— Mais vous ne pouvez plus. Il vous épie. Même à onze heures, c'est dangereux.

Je lui mis dans la main la coupure habituelle.

Je n'avais pas envie cette nuit-là de rejoindre Eponine. Physiquement et moralement, j'étais las. Mais j'aurais eu l'air de céder. L'histoire était pitoyable, à la mesure de mon état : elle était surtout insensée. Le boucher pouvait m'avoir menacé, et il pouvait avoir déposé la saleté. Mais s'armer d'un couteau, attendre le lever du jour !...

Cela avait grisé l'imagination d'Eponine, qui avait, à se donner peur, un plaisir épicé : un homme était évidemment venu qui nous avait épiés, écoutés, et pour finir, s'était soulagé de honteuse manière. Cela pouvait chauffer la tête, et la menace de mort, fût-elle inventée, avait l'intérêt de corser l'angoisse.

J'étais rompu, et hors d'état de m'irriter. Je ne maudis même pas la naïveté d'Eponine. Il ne m'importait plus que de dormir. Il m'était même indifférent de manquer le rendez-vous pris et de faire défaut. Le coutelas du boucher me laissait froid, je me savais perdu pour de bien autres raisons. Je n'attendais plus rien, et la possibilité du plaisir d'une nuit avait le sens d'un rouage dont le jeu survit à l'arrêt d'une machine. Mon désespoir à l'idée de ma vie perdue n'avait pas l'amertume d'un désespoir véritable, c'était à l'avance un désespoir mort. Rien n'a de sens en de tels moments, pas même la certitude d'un retour rapide à la vie, pas même une ironie à cette idée. En un certain état d'esprit, même un bonheur brûlant n'est qu'un délai.

XVII

L'ATTENTE

Il n'est rien d'humain qui ne serve de piège à tous les hommes : nous ne pouvons faire que chacune de nos pensées ne nous leurre et ne soit là, si nous avions quelque mémoire, pour nous donner bien vite à rire. Nos plus grands cris sont eux-mêmes promis à cette raillerie, ceux qui les entendent n'ont pas longtemps le goût d'en être anxieux, ceux qui crièrent s'étonnent d'avoir crié.

De même, le plus souvent, nos plus grands malheurs sont frivoles : seule les fonde la pesanteur, qui empêche d'y voir la même imposture que dans la mort. Même, en principe, nous n'avons rien de désespéré, sinon les phrases auxquelles l'improbité nous lie. Pour cette raison, la santé mentale est le fait des plus obtus, car la lucidité prive d'équilibre : il est malsain de subir sans tricher le travail de l'esprit, qui dément sans cesse ce qu'il établit. Un jugement sur la vie n'a de sens que la vérité de celui qui parla le dernier, et l'intelligence n'est à l'aise qu'à l'instant où tout le monde crie à la fois, où personne ne s'entend plus : c'est qu'alors la mesure est donnée de « ce qui est ». (Le plus irritant est qu'elle y parvienne dans la solitude, et qu'y parvenant par la mémoire, elle y découvre en un même temps ce qui l'assure et qui la ruine, si bien qu'elle gémit de durer toujours, puis d'avoir à gémir de durer.)

Je suis sûr, aujourd'hui, de ne pas avoir été si malheureux qu'il ne semble à me lire. L'essentiel de ma souffrance venait de savoir que Robert était perdu. Je me disais dès lors que ma curiosité était vide et que mon désir était moins de savoir que d'aimer. De toute façon ce désespoir était frivole.

Dans les bras d'Eponine, j'éprouvai un plaisir exaspéré. Dans ma fatigue et ma souffrance, j'éprouvais à la vue et au toucher des parties sexuelles une sorte d'amertume heureuse ; la fraîcheur des secrets de son corps me communiqua une exaltation déchirante et d'autant plus vive. Sa nudité incarnait le vice, les plus frêles de ses mouvements avaient le sens amer du vice. L'abus des spasmes voluptueux avait donné à ses nerfs une sensibilité brisée où d'infimes secousses, à demi pénibles, éveillaient le grincement de dents du plaisir. Seuls les tièdes ou les chastes ont dit de l'habitude qu'elle émousse les sens : c'est le contraire qui arrive, mais il en est du plaisir comme de la peinture ou de la musique, qui veulent l'irrégularité continuelle. Les amusements de la nuit eurent d'autant plus de charmes que nous entrions plaisamment l'un dans le jeu de l'autre. Je feignis de me préparer de cette façon au couteau du boucher, qu'annoncerait l'inavouable dépôt. Eponine, à l'imaginer, devint lyrique : j'étais homme à mourir d'une mort aussi *exécrable* : elle s'amusait de mots qui avaient, dans sa bouche, une sonorité bizarre. Elle se donnait alors en riant d'horreur.

S'échauffant à parler, dans la nuit, dans les conditions qu'avait créées la surprise de la veille, elle parvint à un état de lubricité où nous commençâmes à perdre la tête. Elle riait en tremblant, et riait de trembler : elle vacillait en se renversant, puis elle succombait dans des râles que brisaient, ou peut-être prolongaient des rires nerveux. Je lui dis, de cette nuit, qu'elle l'attendait, que c'était sa nuit.

— Non, Charles, me dit-elle, c'est la tienne.

— Mais, protestai-je, si ton attente n'est pas déçue, le dénouement m'en échappera : je ne le verrai pas, tu en jouiras seule !

Je pensais qu'elle rirait, mais elle eut au contraire un tremblement. Elle était nouée et me dit à voix basse :

— Ecoute, j'entends un pas.

J'écoutai, et j'avoue que j'étais saisi.

— Il s'est arrêté, dit-elle.

Je regardai l'heure à ma montre : il était trois heures passées.

Je n'entendis rien.

— Tu es sûre d'avoir entendu ?

— Oui. Il s'est peut-être déchaussé.

L'obscurité me parut plus sournoise ; la fenêtre donnait sur la nuit noire ; dans ce silence, il était pénible d'imaginer la venue d'un homme nu-pieds. Je pensais au géant de la boucherie : j'étais nu, et j'avais beau rire, il n'avait rien de rassurant.

— Ecoute, dit Eponine, j'entends chuchoter.

C'était inexplicable, et toutefois, j'entendis un

chuchotement. Il ne pouvait venir que de la rue, de gens cachant leur présence. En effet, les maisons les plus proches étaient vides.

— Des gens épient l'homme de l'autre nuit...

— Non, Henri vient avec une fille. Henri l'a fait devant moi, je ne te l'avais pas dit, mais il l'a fait.

Eponine me serra.

— C'est l'homme le plus mauvais. Il est monstrueux.

Elle me serrait si fort que j'eus mal, ses larmes me chatouillèrent, et je frissonnai.

— Que croyais-tu ? Je n'aurais pas envoyé pour rien la mère Hanusse.

Elle se tut, épiant le silence d'une nuit interminable, ses larmes mouillaient mon épaule, mais elle n'avait pas relâché l'étreinte qui l'épuisait.

On n'entendait plus rien.

— Je perds la tête, Charles. Tu n'imagines pas la saleté et la cruauté d'Henri. Gamin, il me terrorisait, il me battait ; j'étais séduite et je faisais mine de pleurer. Il nous faisait peur et nous obligeait à des saletés. O Charles ! Il aimait l'ordure, mais il aimait aussi le sang ! Tu n'aurais pas dû venir, Charles : le loquet s'ouvre du dehors et il sait l'ouvrir.

— Il vient ici ?

— Quelquefois. Il montait, la semaine dernière, s'il trouvait la lumière éteinte.

C'était si lourd que j'avais la bouche entrouverte : je sentis aussitôt mes lèvres sèches.

Sans bruit, tant elle avait peur, elle se mit à pleurer.

Très doucement, je lui dis :

— La lampe est allumée.

— Ce soir, il montera s'il voit la lumière.
. . . .

« Hier il a prévenu... et ce soir, il montera...
Il te hait. Je voulais partir, mais j'ai bu... J'ai
trop aimé rire, Charles..., j'aime trop... »

Elle mordit si cruellement ma lèvre, et elle
jouit si fortement de sa peur que j'eus moi-même
un désir cruel. J'eus un mouvement de violence
calculée : mon corps se tendit au dernier degré
de la tension. Il n'est pas de bonheur plus voluptueux qu'en cette colère à froid : j'eus le sentiment que la foudre me déchirait et que son
éclatement durait, comme si l'immensité du ciel
le prolongeait.

XVIII

L'ÉVIDENCE

Dans l'affaissement qui suivit, je me dressai, saisi d'un tremblement désagréable.

J'entendis une galopade ; quelqu'un dans la nuit courait à travers les rues, mais le bruit s'éloignait. Il me sembla même que, dès l'abord, il venait d'une rue transversale... Eponine écoutait avec moi. Je passai la main sur son front : il était humide et froid. J'avais moi-même une sensation de sueur froide, j'avais la migraine et mal au cœur.

Je me levai. Je vis de la fenêtre, dans la rue, une ombre se glisser. L'ombre qui s'éloignait se perdit dans l'obscurité. En un sens, j'étais soulagé de voir le danger passé. Le boucher s'en allait, si c'était lui. De le voir, néanmoins, m'avait donné un coup au cœur. J'avais mal à l'idée d'une horreur aussi humiliante : c'était hideusement comique, et, dans la nuit très sombre, si triste que j'avais une sorte d'effroi à fixer l'endroit où l'ombre avait disparu. Je songeais au boucher : le personnage le plus sinistre..., mais, encore qu'à la fin l'idée d'Eponine eût cessé de me sembler folle, j'avais un doute. Je m'étais refusé jusqu'alors à chercher, mais je venais de voir l'ombre glisser et elle pouvait encore se dissimuler en quelque recoin obscur de la rue. Je voulais échapper à ma pensée...

J'avais d'ailleurs à me demander comment nous avions pu ne rien entendre au moment où l'ombre s'était, comme il fallait croire, arrêtée devant la maison... Le problème était simple : logiquement, le contraire s'était passé. Arrêtée sous la fenêtre, l'ombre dut entendre nos râles !... Nous n'entendîmes rien. Cette pensée elle-même était lourde. La première l'était davantage. Sa soutane aurait-elle été boueuse si Robert n'avait pas erré, dans la nuit, comme il le fit la première fois, le jour où Eponine et moi le reconnûmes ? Au surplus, n'avais-je pas eu le sentiment que cette ombre était celle d'un homme en soutane, ou celle d'une femme en longue robe noire. L'évidence était si bien faite en moi, et j'étais si peu surpris, que je revins vers Eponine : je riais.

— Etrange ! lui dis-je, dans la nuit, les bouchers ont l'air de prêtres.

Le poids du sommeil qui la gagnait tirait les épaules et la tête d'Eponine au sol. Elle était assise au bord du lit, et ma phrase l'éveilla, mais la pesanteur parut l'emporter. Mon humeur était si belle que ce vain effort, à la faible lumière de la lampe, me fit rire un peu plus.

Voulant qu'elle m'entendît, je lui pris les mains :

— C'est Robert ! lui dis-je.

Elle leva la tête et me regarda, égarée : elle se demandait si, soudain, elle n'était pas devenue folle.

— Oui, Robert, l'abbé... A moins que le boucher ne sorte en soutane. Mais non, « c'est Robert ! »

Elle répéta le nom :

— Robert !

Je lui tenais encore une main.

C'était si évident, si renversant. Le jour éclatait soudainement dans la nuit. L'obscurité était claire, les larmes riaient...

Eponine riait, elle cachait ce rire dans ses mains ; mais elle était nue, et cette nudité riait. C'était un rire doux, intime, excessivement gêné.

Je regardais ce rire, on plutôt il me faisait mal.

C'était la même chose qu'un excès d'angoisse ; dans l'excès d'angoisse, ce léger rire est sournoisement étouffé. Ce rire est au cœur de la volupté excessive et la rend douloureuse.

Le plus intimement que je pus, je glissai à l'oreille d'Eponine :

— Tu es la même chose que Robert.

— Oui, dit-elle. Je suis heureuse.

Je me couchai près d'elle sans la toucher. Elle me tournait le dos, le visage dans les mains. Elle ne bougeait pas et, au bout d'un long temps, je vis qu'elle s'était endormie. Le sommeil à mon tour me gagnait. J'avais le sentiment d'une renversante simplicité. En tout ce qui venait d'arriver, il y avait une renversante simplicité. Je le savais : mes angoisses ou les mines de Robert étaient un jeu. Mais comme je dormais à demi, je cessai de faire une différence entre une simplicité qui me renversait et la conscience d'une immense trahison. Je l'apercevais soudain : l'univers, l'univers entier, dont l'inconcevable présence s'impose à moi, était trahison, — trahison prodigieuse, ingénue. Je serais en peine de dire aujourd'hui le sens du mot, mais je sais qu'il avait l'univers pour objet, et qu'il n'existait nulle part, et d'aucune façon rien d'autre... Je cédai au sommeil : ce fut le seul moyen de supporter. Mais j'eus aussitôt la certitude que la « trahison » m'échappait. Et ne pouvant me résigner à cette universelle trahison, je ne pouvais admettre davantage qu'elle m'échappât ! Je le dis lourdement (ce qui précède rend mal ce que j'éprouvai), mais, dans l'alternance du sommeil et d'une évidence irrecevable, je trouvai l'apaisement. Cela tenait d'un conte de fée, j'étais heureux. Si je disais maintenant que la mort est mon apaisement, j'irais trop loin, en ce sens du moins : il y eut dans cet insaisissable glissement une évidence soudaine : dans la mesure où je me souviens, l'évidence demeure, mais si j'écris !...

TROISIÈME PARTIE

Épilogue
du récit de Charles C.

Au moment où j'appris la mort de mon frère, le soleil couchant embrasait une étendue paisible de terre, de prairies et de bois ; des villages, des hauteurs neigeuses étaient roses dans la lumière. Je demeurai longuement à la fenêtre : c'était d'une horreur au moins fastidieuse. L'univers entier me paraissait frappé de maladie...

Dès son arrestation je n'avais plus douté que la mort de Robert malade ne fût proche. Il était perdu de toute façon. La détention accusa le caractère affreux de sa mort, mais elle ne put que la précipiter. Néanmoins la certitude soudaine qui se fit me rendit malade. J'eus un accès de fièvre. J'entrai dans cette sorte d'abattement où il semble vain de pleurer. (A cette date, Eponine elle-même venait d'être arrêtée, et j'avais peu d'espoir de son retour. Elle mourut en effet un an plus tard.)

Je demeurai longtemps sous l'empire de la fièvre, je dormis d'un demi-sommeil, hanté de visions lucides, où la pensée glisse péniblement à un désordre de rêve.........................
....
....

Je tentai d'échapper à cette informe souffrance.

Je me levai. Je traversai la chambre, voulant fuir ce qui ne cessait plus de m'égarer.

Je vis venir un homme entre deux âges : il se mit à ma table, il était essoufflé.

Sortant visiblement d'un monde où la brutalité est sans bornes, il n'avait pas seulement le sans-gêne d'un mort, il avait la vulgarité de l'abbé C., d'un homme mou, qui s'affaisse décidément. Comme celui des morts, son regard était tourné en dedans, son âme était celle d'un bâillement qui se prolonge, qui devient, à la longue, une douleur insupportable.

Tout à coup, violemment, un courant d'air ouvrit la porte... L'abbé se leva sans mot dire, il ferma cette porte et revint s'asseoir à ma table.

Je le dévisageai en silence.

Il était couvert de haillons. (Peut-être était-ce seulement une soutane, ou une chasuble déchirées).

Dans l'obscurité de ma chambre, les flammes du foyer lui donnaient l'aspect du ciel au moment où la lune éclaire de haut des nuages que le vent défait.

C'est difficile : ils avaient une inconsistance de rêve, je les entendais et ils m'échappaient, ma tête, à les entendre, s'en allait en poudre : je rapporte néanmoins des propos, — sans grande exactitude...

Il me parla, cette présence dans ma chambre me parlait. S'il est vrai qu'en un sens ses paroles m'échappèrent, cela venait de leur nature : il était en elles de chasser, sinon la mémoire, l'attention : de la ruiner, de la réduire en cendres.

— Tu n'en doutes plus ? demanda-t-il......
....
Aussitôt :
— Tu le sais, bien entendu, mais pas tout..
....
....
Comme il était bizarre qu'il ne rît pas ! Sans
aucun doute, il aurait dû rire : il ne riait pas...
S'il avait ri, je me serais aussitôt éveillé, je serais
sorti d'une intolérable torpeur. Mais j'aurais, aus-
sitôt, cessé de sentir en moi l'immensité risible...
Il reprit :
— Bien entendu, tu es gêné.
Puis, après un temps :
— A ma place, que pourrais-tu dire ? si tu
étais... Dieu ! si tu avais le malheur — d'être !
J'entendis à peine ces derniers mots, mais, à
l'instant, ma prostration devint plus pénible.
Il continua doucement, c'était bien mon frère
qui parlait.
— Cela, tu le sais, ne devait jamais être dit.
Mais ce n'est pas tout. Je fais peur, mais bientôt,
tu me demanderas de t'effrayer davantage. Tu ne
méconnais pas mes souffrances, mais tu ne sais
pas qui je suis : mes bourreaux, près de moi, ont
beaucoup de cœur.
Il me dit enfin, timidement :
— Il n'est pas de lâcheté qui étancherait ma
soif de lâcheté !
A ma surprise, je devinai, de cette timidité,
qu'elle avait le sens de la grâce.
Je me sentis glacé et j'eus un frisson. Robert
demeurait devant moi : il était inspiré, et lentement, il émanait de lui une lâcheté inavouable.

Je ne sais si j'ai répondu au désir anxieux que j'ai de traduire exactement la vérité de ma fièvre. La tâche excède mes forces, et pourtant, l'idée qu'en esprit je manque à cette vérité ne m'est pas supportable. Je ne pouvais me taire sans lui manquer et j'aime mieux avoir écrit. Ce n'en est pas moins insupportable... Quoi qu'il en fût, écrire s'efforçait de répondre à l'exigence que je subis.

Malheureusement, j'ai parlé de mes hantises, alors que j'aurais dû parler seulement de mon frère. Mais je n'aurais pu, sans parler de moi, parler de lui à sa mesure. Dieu ne peut être séparé de la dévotion ni l'amante de l'amour qu'elle a suscité. Pour cette raison, j'ai cherché la vérité de mon frère dans ma fièvre.

Il fut arrêté dans les premiers jours d'octobre à X., peu après les événements dont j'ai parlé. Quand je l'appris, j'étais depuis longtemps sans nouvelles de lui. Il avait quitté R. dans la matinée qui suivit cette nuit où je l'aperçus. Quand, à la cure, la religieuse trouva sa chambre vide, elle me téléphona aussitôt. Je pensai d'abord à un suicide, mais il avait emporté du linge, un sac, et sa bicyclette manquait. D'autre part, Rosie et Raymonde quittèrent le même jour, de bonne heure, la chambre qu'elles avaient louée. Ils s'étaient apparemment rejoints sur la route. Les chuchotements et la galopade de la nuit répondaient à la présence des deux filles dans les rues au moment où l'abbé survint. Je n'appris que tardivement ce qui arriva : elles burent dans la soirée, s'énervèrent comme font les filles, jusqu'à une heure avancée de la nuit : insatiables, elles sortirent et errèrent en quête d'une improbable aventure. Elles étaient dans les parages de la cure quand elles entendirent un pas : elles se dissimulèrent. Elles reconnurent l'abbé de loin et elles imaginèrent avec raison qu'il se rendait sous la fenêtre d'Eponine. Elles le précédèrent et Robert inquiet s'arrêta, puis se déchaussa. Il les entendit chuchoter, mais il brava cette menace imprécise. Quand, au retour, il les vit tenant le milieu de la rue, il rebroussa chemin et voulut fuir en sens contraire. Mais Rosie (c'est alors que je l'entendis) fit le tour à toutes jambes et le devança. Alors elle put lui parler et, sans difficulté, elle le décida à la suivre dans sa chambre ; il était vague, parfois indifférent, et quelque peu railleur. Mais il ne riait cruellement que de lui-même. Il but et perdit aussitôt la tête. Il semblait d'ailleurs avoir bu quand elles le trouvèrent. Il se conduisait comme un absent : il fit l'amour avec fureur, mais, à la fin, se plaignit d'être joué : il était ivre et gémissait : la *connaissance* de son bonheur lui avait manqué. Les deux filles — car Raymonde les avait rejoints — disaient que, dans l'ivresse, l'abbé avait l'air d'un « illuminé » : il semblait qu'il vît « des choses qu'elles ne voyaient pas » (il avait le même air dans l'église au moment où il tomba). La passion d'Eponine pour Robert avait suscité l'intérêt de Rosie, mais davantage encore une conduite imprévisible qui faisait de lui l'émissaire d'un monde violent et inaccessible pour elle. L'idylle, dans un modeste hôtel de station thermale, à une dizaine de kilomètres de R., dura quelques semaines. Raymonde, qui avait une chambre contiguë, avait sagement observé les amants. Les deux filles passaient ensemble une partie du jour et même, de temps à autre, la nuit, mais Raymonde n'allait que rarement « rigoler » dans la chambre de Rosie. Avec elles, Robert ne se départit jamais d'une politesse précieuse, qui les faisait rire en aparté, mais les médusait devant lui. Robert gardait la chambre tout le jour, étendu sur un grand lit, couvrant d'une écriture illisible un amas de petits feuillets. Quatre ou cinq fois, il quitta la chambre dans la nuit : il faisait l'amour avec Rosie, à laquelle il demandait finalement de rejoindre Raymonde en l'attendant. Il sortait alors en bicyclette et ne rentrait que bien plus tard. Apparemment, ces promenades nocturnes d'un homme qui gardait la chambre dans le jour, furent à l'origine d'une arrestation, que d'ailleurs des allées et venues plus anciennes auraient suffi à justifier.

Il fut arrêté à l'aube. Rosie épuisée dormait dans la chambre de Raymonde : les deux filles n'entendirent pas les policiers, qui ne trouvèrent pas sous l'oreiller les notes de l'abbé.

Je laissai à Eponine le soin de parler à ses amies du but des promenades de mon frère.

Elle avait une fois entendu le bruit léger qu'il faisait, elle s'approcha de la fenêtre et le vit entièrement nu. Il la vit, n'eut pas un mouvement, mais elle s'en alla. Elle revint s'asseoir au bord du lit, et resta sans mot dire, la tête basse.

Nous n'entendîmes rien les autres fois, mais, le matin, nous trouvions les traces de son passage.

QUATRIÈME PARTIE

Notes de l'abbé C.

Avant-propos de Charles C.

La première fois que je les lus, je peinai tellement à les déchiffrer que le sens de ces notes m'échappa. Après la mort de Robert, je me mis, lentement, à les copier.

J'étais alors moins déprimé que véritablement malade (j'avais la fièvre tous les soirs), et il se passa longtemps avant que la conscience ne me vînt de ce qu'elles voulaient dire au fond.

Pourtant, elles n'affirmaient rien qui me déprimât : elles avaient seulement le tort de dénuder à mes yeux l' « angoissé », auquel la « pudeur » et le temps manquèrent.

Elles avaient alors à mes yeux, et même, en partie, elles ont gardé, l'impudeur d'une pensée dont l'artifice et la ruse ne peuvent dérober la tricherie. Dans les premiers temps, cette pauvreté exhibée me serrait le cœur : je haïssais mon frère et l'impossibilité où il fut de trouver un mouvement qui enlevât aux mots leur opacité. Ces notes (devenues celles d'un mort — qui, désormais, devaient trahir celui qui les écrivit, — car elles donnent des limites à celui qui, ou n'en eut pas, ou en eut d'autres) m'énervèrent longtemps. Je n'avais pas seulement pour mon frère,

mais pour moi, le sentiment d'un échec. A les relire, je ne voyais plus en Robert que le « faiseur » qu'il voulait être, au temps où il s'efforçait à la piété.

La mort, qui rend les traits définitifs, à mes
yeux le condamnait à faire le malin sans recours.
Ces papiers, désormais, ne pouvaient plus être
brûlés, et, à supposer qu'il en eût fait lui-même
une flambée, il les aurait encore écrits ! J'aurais
par erreur ignoré la limite qu'il admit, mon erreur n'aurait pu la changer.

Le seul moyen de racheter la faute d'écrire est
d'anéantir ce qui est écrit. Mais cela ne peut être
fait que par l'auteur ; la destruction laissant
l'essentiel intact, je puis, néanmoins, à l'affirma-
tion lier si étroitement la négation que ma plume
efface à mesure ce qu'elle avança. Elle opère
alors, en un mot, ce que généralement opère le
« temps », — qui, de ses édifices multipliés, ne
laisse subsister que les traces de la mort. Je
crois que le secret de la littérature est là, et
qu'un livre n'est beau qu'habilement paré de l'indifférence des ruines. Il faudrait, sinon, crier si
fort que nul n'imaginerait la survie de qui s'égo-
silla si naïvement. C'est ainsi que, Robert mort,
parce qu'il laissait ces écrits ingénus, il me fallut
détruire ce mal qu'il avait fait, il me fallut encore
et par le détour de mon livre, l'anéantir, le tuer.

Déchiffrant les mots avec peine, j'éprouvai dès
l'abord un grand malaise, au point de rougir
quelquefois : ces éclats de voix du libertin ne
sonnaient pas moins faux à mes oreilles, ils ne
me gênaient pas moins que n'avaient fait jadis les
malices du prêtre. Je souffre encore de ce mélange

de gaieté vulgaire et d'onction. L'affection qui me liait, qui me lie toujours, à mon frère, était si étroite, elle se fondait si bien sur un sentiment d'identité, que j'aurais voulu changer les mots, comme si je les avais moi-même écrits. Il me semblait qu'il les aurait changés lui-même : chaque audace naïve exige à la fin le sommeil, et l'aveu d'une erreur sans laquelle nous ne l'aurions pas eue.

D'ailleurs, ces pages ne détonnaient pas seulement en raison de leur caractère inachevé, à mi-chemin d'une aisance affectée et du silence ; elles « mentaient » à mes yeux, car je connaissais et elles me faisaient sentir cruellement la faiblesse de mon frère. Ce n'est pas seulement la nature enfantine — et péniblement comique — des « crimes » dont il se chargeait, qui me donna ce sentiment. Ce fut même la force de l'abbé d'avoir bravé le ridicule en écrivant, et de l'avoir fait d'une manière si pénible (peut-être même plus folle qu'on avait osé avant lui). Mais le procédé est décevant, car, ridicule, le langage l'est toujours involontairement ; de propos délibéré, ce caractère s'estompe : d'où ces faux-fuyants, ces phrases « chianine », ces « entourloupettes » déguisant l'horreur qui désarme la plume. Pour moi, qui avais connu mon frère intimement (fût-ce dans l'obscurité et les faux-semblants dont j'ai parlé), une honte inavouable était sensible en dehors de ces phrases qui mentaient, elle était sensible directement : dans le sentiment que j'avais d'un silence étouffant. Or ce silence était *si bien* ce que l'abbé voulut dire, son horreur enfermait *si bien* le mensonge éclatant — et démesuré — de toutes choses, que ces balbutiements me semblaient des trahisons. Ils l'étaient. Une suite de mensonges bègues était substituée par Robert à ce qui jamais ne bégaya, puisque nul ne l'entend ni ne l'atteint, — à ce qui, ne parlant pas, ment comme la lumière, tandis qu'un bavardage sans force appelle la contestation.

Rien ne pouvait d'ailleurs me décevoir davantage que le conte sans rime ni raison qui termine les notes. Tout d'abord, l'abbé l'intitula *La Fête de la conscience*, puis il barra les premiers mots.

Il s'agit bien entendu de pure rêverie. Robert fut l'amant de Rosie, et de Raymonde en second lieu, mais la Rosie de *La Conscience* ne ressemble en rien à la fille assez molle qu'il aima. Le caractère de Raymonde, il est vrai, n'est pas changé, mais son rôle est furtif. A la rigueur, la femme de *La Conscience* dût répondre à l'image d'Eponine, à l'obsession de laquelle, durant les derniers temps, il avait cédé sans réserve.

Quand Robert enfant connut Eponine, elle avait déjà le regard de malade, d'agitée, que je lui connus, qui me fascina. Quelque chose de violent et de froid, de délibéré et de perdu... (mais, très jeune, elle n'avait pas la vulgarité que plus tard elle affecta). Je ne puis m'en souvenir aujourd'hui sans gêne : Eponine et mon frère jouaient avec Henri, tantôt seuls, tantôt avec d'autres enfants. J'étais alors malade, en Savoie : sans les confidences tardives d'Eponine, jamais je n'aurais su le sens de ces jeux. Aujourd'hui, j'imagine trop bien qu'ils sont à l'origine de la conversion de Robert, élevé en dehors de la religion ; à la longue, la saleté, les brutalités d'Henri, l'angoisse et les vices d'Eponine le terrorisèrent :

pour échapper à l'enlisement où il sombrait, il procéda au renversement insensé de ses croyances et de sa manière de vivre. Cela devint une véritable provocation : moralement, je lui devins étranger, et comme il tenait à moi, son attitude à mon égard se réduisit au paradoxe, à un défi continuel et irritant. (Ces changements subits ne sont pas rares au moment de la puberté.)

Eponine ne me dit pas précisément que Robert subit les sévices d'Henri, elle évita même de rappeler qu'en ces temps lointains, Robert était devenu l'ombre d'Henri. Mais ces rapprochements que, jusqu'ici, j'avais évité de faire (tant j'avais horreur d'Henri, auquel j'aurais voulu ne jamais penser) s'imposent enfin à moi — et m'effrayent.

J'ai conscience aujourd'hui de ce que fut, pour Robert, la rencontre de la tour et ne puis songer à ma cruauté sans m'abandonner à la prostration. Comment aurais-je pu me conduire plus odieusement ? Que dois-je enfin penser de l'inconscience où, marchant comme un somnambule, j'allais néanmoins droit au but ? La clairvoyance d'aveugle qui me conduisait me tue, et mes mains crispées commencent malgré moi le geste d'Œdipe. Je saisis maintenant la raison pour laquelle le retour d'Eponine dans sa vie devait ramener mon frère aux dérèglements forcenés de l'enfance, pour laquelle il aima Eponine d'une manière plus déréglée — et plus délirante — que peut-être on n'aima jamais personne, — pour laquelle enfin cet amour l'éloigna décidément de ce qu'il lui plut de croire si longtemps.

Encore que le texte final de ces notes ait jeté cette lumière sur les événements que j'ai rapportés, je ne puis que redire le sentiment de déception qu'il m'a laissé. Ses faiblesses sont d'autant plus sensibles à mes yeux que la noire vérité y transparaît (cette vérité elle-même est déprimante).

Je veux bien que mon attitude semble inhumaine, mais je vis, hors de moi, dans la peur : rien maintenant, sinon la peur, ne compte plus à mes yeux. Je supporte avec peine, en cet état, ce qui n'est pas à la mesure du mal que j'ai fait.

J'ai dû, quoi qu'il en fût, donner leur place à ces feuillets. C'est qu'en un sens, je sais mon livre inachevé.

Mon récit répond mal à ce que l'on attend d'un récit. Loin de mettre en valeur l'objet même qui en est la fin, il l'escamote en quelque manière. Si j'en viens à dire l'essentiel, si je le laisse entendre, si j'en parle, — ce n'est, finalement, que pour mieux le laisser dans l'ombre.

J'imagine ne pas avoir manqué de courage, ni de savoir-faire. Mais la pudeur me paralyse. J'ai d'autant plus de peine à le dire que j'incrimine, en son lieu, le peu de réserve de Robert.

Il est remarquable que cette pudeur, et l'impudeur de Robert, eurent un même effet. L'une et l'autre ont prêté à l'objet dont j'ai parlé un caractère, non d'événement donné et défini, mais d'énigme. On verra que Robert, désinvolte, recourut à une sorte de charade, — alors que mon récit dérobe le fait même qu'il avait pour fin de faire connaître.

... Il serait donc apparemment, dans la nature de cet objet de ne pouvoir être donné comme le sont les autres : il ne pourrait être proposé à l'intérêt que sous forme d'énigme...

Mon récit inachevé, dans ce cas, ne le serait pas au sens ordinaire du mot : il ne lui manquerait pas telles précisions, qu'il serait simple de donner, l'essentiel en serait « moralement » indicible. D'autre part, mes réserves concernant les notes de Robert ne pourraient faire que leur publication soit contestable.

Ces feuillets ont, en premier lieu, le mérite d'employer le langage formel des charades. Et, décidément, si le livre lui-même est énigmatique, obligé de l'être, s'il propose au lecteur, au lieu d'une solution — que serait la pure et simple narration de l'événement —, de la chercher, d'en restituer l'origine, les aspects et le sens, les défauts dont j'ai parlé, qui éloignent la sympathie, laissent à ces notes la vertu de répondre à des fins plus lointaines : elles donnent à qui s'efforcerait de résoudre l'« énigme »-des éléments susceptibles de l'aider.

(Je dois formuler cette dernière réserve — encore qu'elle ait peu de conséquence dans la mesure où nous demeurons dans l'ordre des choses immédiat — : la solution est-elle possible ? S'entend l'entière et immuable solution, non l'exacte réponse à une suite infinie de questions malséantes. En définitive, la nature énigmatique de mon objet semble liée à ce sentiment de pudeur dont j'ai dit qu'il me noua ; cet objet serait vide de sens s'il n'était une honte inavouable... — surmontée sans doute, mais comme une douleur est tout de même sentie par un supplicié qui ne parle pas ; s'il est vrai que jamais vraiment l'énigme ne sera résolue, cet objet ne doit-il pas répondre, au-delà de l'énigme limitée, à de classiques « questions dernières » ? et, s'il est pénible de croire à la divinité de l'abbé C., par impossible défini le « tout » de la charade ne serait-il pas — ce qu'un mot jamais ne sut désigner ? Hélas, ce langage obscur, accroissant, loin de l'éclaircir, l'obscurité de l'énigme, à lui seul désarmerait le fou qui aurait le front de l'aborder.)

Le journal de Chianine

Nuit interminable, comme le sont les rêves dans la fièvre. L'orage quand je rentrai..., un orage d'une violence effrayante... Jamais je ne me sentis plus petit. Tantôt le tonnerre roulait, alors il s'écroulait de tous côtés, tantôt il tombait droit, en furie : il y avait un vacillement de lumières se déchirant en des craquements qui aveuglaient. J'étais si faible à ce moment-là que je tremblais de n'être plus vraiment sur terre : j'étais dans la grandeur céleste où la maison vibrait comme une lanterne de verre. L'élément liquide également, l'écroulement des eaux du ciel... plus de terre : un espace sonore, renversé et noyé de rage. L'ouragan était lui-même interminable. J'aurais voulu dormir, mais l'éblouissement d'un éclair me mettait la vue à vif. Je m'éveillais de plus en plus et la chute de la foudre en claquant ouvrait cet éveil à une sorte de terreur sacrée. La lumière était éteinte depuis longtemps. Soudain elle se ralluma, et aussitôt je l'éteignis. A ce moment je vis une raie de lumière sous la porte.

Ma chambre donne sur un salon délabré, où

des meubles du début de l'autre siècle achèvent de tomber en poussière. Dans le fracas du ciel, il me sembla entendre un bruit d'éternuement. Je me levai pour aller éteindre la lumière, j'étais nu et je m'arrêtai avant d'ouvrir...

... J'avais la certitude de trouver Emmanuel Kant, il m'attendait derrière la porte. Il n'avait pas le visage diaphane qui le distingua de son vivant : il avait la mine hirsute d'un jeune homme décoiffé sous un tricorne. J'ouvris et, à ma surprise, je me trouvai devant le vide. J'étais seul, j'étais nu dans les plus vastes écroulements de foudre que j'eusse encore entendus.

Je me dis gentiment à moi-même :

— Tu es un pitre !

J'éteignis la lumière et je retournai vers mon lit, lentement, à la lueur décevante des éclairs.

Je veux maintenant réfléchir sans hâte.

J'aime la peur qu'a l'humanité d'elle-même ! Il lui semble n'avoir que deux voies : le crime ou la servilité. A la rigueur elle n'a pas tort, — mais, adroitement, elle ne voit dans le criminel que les servitudes du crime. Communément, le crime lui apparaît sous forme de destin, d'irrémédiable fatalité. La *victime* ? Sans doute, mais la victime n'est pas maudite, simplement elle succombe au hasard : la fatalité ne frappe que le *criminel*. Si bien que l'être souverain est chargé d'une servitude *qui l'accable,* et que la condition des hommes libres est la servilité voulue.

Je ris. Naturellement ! La prodigieuse humanité répond à l'exigence du criminel, qui ne peut se passer de paraître bas ! D'eux-mêmes, les serviles lui réservent ce domaine maudit, en dehors duquel il se saurait asservi. Mais la malédiction n'est pas ce qu'elle semble et les soupirs ou les larmes des maudits sont à la joie ce qu'est le ciel au grain de sable !

Madame Hautencouleure,

Vous avez eu l'honorée du 7 courant. J'y mentionne passage abbé Chianine, entre parenthèses : Soulépadépont; l'heure du crime? Environ trois heures.

Soutane sale.

Volupté ! Volupté ! Je soulépadépone. Depuis que... je suis heureux.

Mon bonheur coule immensément comme un fleuve sans lit.

L'avenir défunt, gai comme un couteau. La fièvre me plaît, rouge de honte. Qui suis-je ? Serais-je Eponine au lit avec Charles ? A mi-chemin de la plaisanteriee amusée ; cela m'aide en raison de la honte que j'en ai. Si la honte me submerge ? Je jouis et les cieux se renversent sous moi, mais je veux encore être clair, *présent*, et ne pas prêter à la confusion.

Il faut à Chianine de l'énergie pour lever la jupe, mais davantage pour en bien parler. On n'en parle pas d'habitude : on pleure. Mais les larmes n'ont pas le sens du malheur, il leur faut animer le ballet des phrases, humilier les mots obstinés à ne pas danser. Je choisis sans gémir le parti de la clarté : il se peut que je vende les secrets du crime. Mais le crime, qui n'est rien s'il est découvert, n'est rien s'il est secret. Et le crime, qui n'est rien s'il est gai, n'est rien s'il n'est pas heureux.

Le malaise, l'écriture, la littérature, dont je souffre, ne peuvent être surmontés sans mentir. L'accord de Chianine avec les lois qui président à l'ordre des mots fait crier la plume. Je dis simplement l'émoi, le bonheur immenses à la faveur de l'obscurité de Chianine, sa certitude d'avoir infiniment souillé même la souillure la plus souillée. (Eponine a le même cœur, et la même saleté dans le cœur.)

Etant prêtre, il lui fut aisé de devenir le monstre qu'il était. Même il n'eut pas d'autre issue.

Dire que Chianine était faible, qu'il cherchait

un appui de tous côtés : l'amour des humbles, la gentillesse, le dynamisme de théologiens juvéniles, les messes, les grandioses cérémonies, émanant du fond des âges, les kyrielles de Moïses barbus, égosillés, angéliques, dans le cœur de Deus Sabaoth. Il en riait, n'en pouvait plus de rire. La plaisanterie dépassait les bornes en ce que, vivant en Dieu et Dieu dépassant les bornes en lui, elle le laissa cependant sur le sol, un homme oublié de la même façon qu'un chapeau sur une chaise.

Je ne puis même un instant imaginer un homme en dehors de Dieu. Car l'homme à l'œil ouvert voit Dieu, ne voit ni table ni fenêtre. Mais Dieu ne lui laisse pas un instant de repos. IL n'a pas de limites, et IL brise celles de l'homme qui LE voit. Et IL n'a de cesse que l'homme ne LUI ressemble. C'est pourquoi IL insulte l'HOMME et enseigne à l'HOMME à l'insulter, LUI. C'est pourquoi IL rit dans l'HOMME un rire qui détruit. Et ce rire, qui gagne infiniment l'HOMME, LUI retire toute compréhension : il redouble quand, du haut de nuages que le vent dissipe, IL aperçoit ce que je suis ; il redouble si, pressé dans la rue par un besoin, je ME vois, je vois le ciel que le vent vide.

Tout se dissipa, j'eus la force de ruiner chaque notion possible comme on casse des vitres, en un mouvement de rage. Puis, ne sachant que faire et gêné de mon esclandre, je m'enfermai dans les cabinets.

Au moment d'une passion sans objet, je chantai, mais lentement, comme si j'enterrais le monde, mais gaiement, sur l'air majestueux du *Te Deum* :

DEUS SUM —
NIL A ME DIVINI ALIENUM PUTO

Je tirai la chasse d'eau et, déculotté, debout, me mis à rire comme un ange.

Une angoisse, au début, infiniment subtile, infiniment forte. Le sang dans les tempes. Le délice léger d'entrer nu dans la chambre d'un autre, de faire ce qui, absolument, ne peut pas être fait, ce qui jamais ne sera avoué, qui est inavouable absolument (ce que je dis, est une provocation, ce n'est pas un aveu).

Les yeux, s'ils le voyaient, sortiraient des orbites. Et même, cela n'importe guère, en ce qu'il s'agit, dans ce sens, d'aller si loin que le cœur manque, ou presque. La même chose que voir un spectre, et le spectre d'un être aimé : une sorte de délire-délice, de délire spectral, d'une intensité excessive. Mais l'angoisse ne serre pas seulement le cœur, le cœur serre en lui-même l'angoisse, ou plutôt Chianine, l'abbé, son angoisse contre le cœur, comme il serrerait une femme et le délice d'une femme (qui se tiendrait mal...)

Il serait évidemment fou de ne pas voir que, dans ces conditions, un homme est plus malpropre qu'un singe : sa frénésie est bien plus grande !

J'ai aimé choquer mes anciens amis : c'est qu'à leur égard une sorte d'amitié morte m'a retiré le bénéfice de l'indifférence. Je souffre — à peine — de la pusillanimité qui les faisait me dire malade (l'un d'entre eux m'a parlé de psychanalyse !). Je ne puis néanmoins que leur opposer un silence sans rigueur. J'ai beau faire de la théologie ma passion (mais de la grande, ou plutôt, de l'immense théologie, je suis l'objet mort, l'objet risiblement anéanti) ; je n'ai désormais plus rien à dire à des théologiens (je n'aurais rien non plus à dire à Charles!). Je pourrais seulement leur faire entendre — et ils ne pourraient rien me répondre — (je me rappelle un titre de livre, l'auteur en est un augustin dont le nom m'échappe : *Pour éviter le purgatoire* — le sous-titre : *Un moyen de gagner le ciel sans attendre*) que je suis sur terre au paradis : le paradis n'est pas Rosie (ni Raymonde), mais Chianine (Eponine aussi : *la même chose* que Chianine).

Au moment où Chianine chianine, de ce cratère majestueux, la nuit est le ventre de la lave : hors d'haleine, *bel canto*, il perd la respiration.

La chaleur du corps, d'éponge, de méduse :

déception, dans ma chambre, d'être moins gros qu'une baleine. Mais il suffit, j'ai le mal, l'angoisse de la baleine qui se noie, surtout la douceur, la douceur sucrée de la mort. J'aimerais mourir, lentement et attentivement, de la même façon que tête un enfant.

La religion dont je fus, dont je suis le prêtre a fait ressortir, en accusant les hommes de trahir Dieu, ce qui définit notre condition :

— *Dieu nous trahit !*

— Avec une cruauté d'autant plus résolue que nous élevons vers lui nos prières ! Sa trahison exige d'être divinisée à ce point.

Seule la trahison a l'excessive beauté de la mort. Je voudrais adorer une femme — et qu'elle m'appartînt — afin de trouver dans sa trahison son excessive divinité.

La conscience

Rosie, radieuse, m'avait vu : vêtue d'une couronne de roses, elle descendait un escalier monumental.

Je vis un danseur lui tendre un verre : il avait un costume de jockey.

Elle but à longs traits du champagne glacé, le jockey l'enlaça, vida le verre et il l'embrassa sur la bouche.

De tous côtés, cette foule riait avec une nervosité très douce : Rosie se dégagea de l'étreinte du jockey et, venant à moi, elle me dit avec élan :

— Tu as vu ?

Ses grands yeux rayonnaient.

Elle était heureuse de me voir, de montrer sa joie.

— Si tu savais, si tu savais comme je m'amuse.

Elle me dit, canaille :

— Embrasse-moi !

Je la pris dans les bras. Elle s'abandonna comme endormie. Elle avait fermé les yeux et, la paupière battant, le blanc seul en était visible. Personne dans la cohue que noyait la montée d'un plaisir angoissé n'aurait pu y prêter d'attention. Elle mourait de joie dans mes bras : comme un soleil dans l'eau quand la mer sonne dans les oreilles.

— O Robert, me dit-elle, encore, jusqu'à plus soif!

Elle se détacha davantage et ce ne fut pas sans brutalité, ni sans peur qu'elle me dit :

— Regarde !

Elle regardait la foule.

— Tu vois, je regarde à perdre la tête, mais, tu le sais, je ne veux pas perdre la tête.

Dans la fixité de ses yeux, il y eut la même intensité, glacée et hostile, que dans un sifflement de bête.

— Ah, maintenant..., fit-elle...

« Je voudrais que cela monte à la gorge. Maintenant, je voudrais — *du poison !*

« Et tu sens, dis, comme j'ai conscience. »

Raymonde à ce moment l'appela, elle leva sept doigts et cria gaiement :

— Sept fois !

Et Rosie, la voyant, se détendit, éclata de rire, elle était émerveillée, provocante, et elle me poussa dans les bras de Raymonde.

— La huitième, dit Rosie en me désignant.

— Tu veux ? La huitième ? fit Raymonde en levant huit doigts.

Rosie lui glissa un mot à l'oreille. Raymonde éclatant s'approcha et, en un mouvement de défi et de mutinerie ravissant, me prévint :

— Tiens-toi...

Elle se jeta voracement sur ma bouche, me donnant dans les reins un frisson si aigu que j'aurais crié. Elle eut une impétuosité si ouverte, si doucement tremblée, que je suspendis de toutes mes forces mon souffle. Rosie était, dans ce bruit, animé d'un mouvement d'imploration gaie, soulevée en une sorte d'hilarité ravie, intense, et les yeux noyés, la gorge rauque, elle dit :

— Regarde-le !...

— Regarde-moi...

Je regardais Rosie, et me perdis dans la vision de plaisirs immodérés, multipliés de tous côtés.

Rosie tomba sur les genoux, et sur les genoux dansa en criant. Elle donnait à son corps une suite de saccades infâmes. Elle gémit et longuement répéta comme en un râle :

— Encore !

Et la tête lui tournait sur les épaules. Mais s'arrêtant, elle fixa son amie que j'étreignais.

Puis dans un hoquet prolongé elle laissa tomber la tête en arrière.

La douceur de Rosie était légère.
Gémissante elle resta agenouillée.

— Ah, dit-elle lentement, regarde-moi, je suis lucide, je *vois*. Si tu savais comme il est doux, comme il est bon de voir et d'être vue...

« Vois mon tremblement de bonheur! Je ris, et je suis ouverte.

« Regarde-moi : je tremble de bonheur.

« Qu'il est beau, qu'il est sale de savoir ! Pourtant, je l'ai voulu, à tout prix j'ai voulu SAVOIR !

« J'ai dans la tête une obscénité si grande que je pourrais vomir les mots les plus affreux, ce ne serait pas assez !   .

« Le sais-tu ? Cet excès est plus cruel que de mourir.

« Sais-tu que c'est très noir, si noir que je devrais rendre.

« Mais regarde ! Regarde, et reconnais-le : je suis heureuse !

« Même si je rendais, je serais heureuse de rendre. Personne n'est plus obscène que moi. C'est de SAVOIR que je sue l'obscénité, c'est de savoir que je suis heureuse.

« Regarde-moi encore, — plus attentivement !

« Jamais femme fut-elle plus CERTAINE d'être heureuse que Rosie ? Jamais femme SUT-elle mieux ce qu'elle faisait ? »

Elle se leva enfin et poursuivit :

— Raymonde, maintenant, nous allons laisser Robert. Il suffit que tu aies entrouvert le vide où nous l'entraînons, mais s'il y entrait maintenant, il n'en aurait pas mesuré l'étendue : il jouirait de moi, comme il l'a fait de toi, sans savoir ce qu'il faisait. Il ne sait pas encore que le bonheur demande la lucidité dans le vice. Laisse-le nous imaginer nous donnant aux plus vulgaires de nos amants, rivalisant avec eux de vulgarité.

« Viens Raymonde, ne me retarde pas, car, déjà, l'eau me vient à la bouche.

« Tu nous rencontreras peut-être un peu plus loin : les dernières des putains, bien sûr, n'ont pas plus d'inconduite, mais elles n'ont pas la chance DE LE SAVOIR. »

Elle me regarda là-dessus longuement, souriant dans l'espoir et le désespoir mêlés de rendre sensible le degré de son bonheur : elle eut un mouvement gracieux du visage en arrière, sa noire chevelure ruisselait et un clignement de complicité me parvenant de regards noyés acheva de porter au sommet le sentiment illimité qu'elle me donnait.

Je la perdis, la retrouvai et l'inhumaine exploration dura. Sans répit et sans lassitude, nous nous égarions dans des possibilités inconnues, dans une étendue vide où le sol manquait sans fin ? Un grand bruit de rires et de jacassements et une sensation de pincement voluptueux, d'où procédait un énervement infini, nous portait dans des salles désordonnées. Une porte s'ouvrait sur un escalier raide et étroit. Je suivis Rosie dans une ascension essoufflée.

Nous arrivâmes enfin sur une terrasse que bornaient quatre hautes coupoles. La ville éteignait ses lumières au loin et le ciel brillait d'étoiles. Rosie eut un frisson, je défis ma veste et la lui passai. Elle se serra péniblement : nous entendions dans la nuit des ouvriers défoncer une rue, d'où montaient les lumières aveuglantes et l'odeur de brûlé du travail.

Rosie parla doucement :

— C'était trop beau, dit-elle, maintenant les nerfs me lâchent et je suis nouée...

Puis :

— Quand je montai les escaliers, je montai aussi vite que je pouvais, comme si j'avais fui un danger, maintenant il est impossible d'aller plus haut et le bruit que font les machines à défoncer me lève le cœur.

« Pourtant je suis encore heureuse...

« J'ai cru mourir de joie ce soir, c'est la joie, ce n'est pas l'angoisse qui me tue.

« Mais cette joie est très douloureuse et je n'y tiendrais plus si mon attente devait durer. »

Il n'était rien que je puisse faire.

Dans l'état où Rosie se trouvait, elle n'aurait pu, même aidée, descendre un escalier vertigineux.

A la fin, je lui dis la seule issue qui nous restât et elle s'y prêta, mais j'étais moi-même si las que je désespérai d'y parvenir. Si bien qu'il me fallut m'étendre sur le sol.

— Un cauchemar si pénible, me dit-elle enfin, est préférable à tout !

Elle me regardait dans les yeux et dans la pénombre elle avoua :

— Je suis immonde. Attends : je ferai quelque chose de plus. Regarde-moi, je suis comme si je mourais devant toi : non, c'est pire. Et comme nous n'avons plus d'issue, je me sens devenir vraiment folle.

« Mais, dit-elle encore, tu sais combien j'étais heureuse en bas ; sur ce toit, je me sens plus heureuse encore. Je le suis même au point de souffrir de ce bonheur : je jouis de sentir maintenant une douleur intolérable, comme si, mangée aux lions, je les regardais me manger. »

Ce langage m'échauffa si bien que je la pénétrai profondément.

J'eus le sentiment de tuer. Elle battit l'air de ses bras, perdit le souffle et se contracta avec une violence de chute : la mort elle-même n'aurait pu lui donner de soubresauts plus violents.

Elle mesura et je mesurai avec elle une possibilité si lointaine qu'elle semblait purement inaccessible. Nous nous regardâmes longuement avec une sorte de colère froide. Ces regards figés étaient bien le langage le plus obscène que des êtres humains eussent jamais parlé.

— Je suis sûre..., dit-elle, sans un instant relâcher cette insupportable tension...

Elle sourit, et mon sourire lui répondit que j'étais sûr de l'irrégularité de ses pensées.

Si nous avions cessé de vivre, à jamais la divinité de cet achèvement se serait résolue dans le vide.

Mais les mots disent difficilement ce qu'ils ont pour fin de nier.

CINQUIÈME PARTIE

Suite
du récit de l'éditeur

Le manuscrit que Charles me remit se terminant par ces notes, je reprends maintenant la parole — et l'idée m'en dérangerait si je ne m'y sentais strictement obligé.

Ce qui précède, à le relire, me semble vraiment hors du monde. Cette obstination à vivre à l'extrémité des limites humaines me laisse un sentiment mêlé : le sentiment sans doute que nos pères éprouvaient devant les fous, qu'ils vénéraient mais éloignaient d'eux cruellement : ils les ont tenus pour divins, ils ne pouvaient faire, cependant, qu'ils ne soient nauséabonds — risibles, tout à fait désespérants. Nous devons, nous aidant d'arguments grossiers, surmonter la tentation de nier nos limites, mais ceux qui les nient ont bien le droit de nous réduire un temps au silence.

Charles lui-même, après la mort de Robert, s'efforça d'échapper à la tentation. Probablement, il n'écrivit que pour lui échapper le récit et l'avant-propos qui précèdent. Ceci expliquerait le réel inachèvement de ce livre (qui motive ma présente intervention) : quand il céda, ne pouvant plus éviter de voir ce qui, décidément, le laissait hors du monde (mais qu'il aurait dû voir depuis longtemps), il ne put achever un travail qui n'était pas à la mesure de l'abandon. (Une autre explication serait de représenter, dans le sens que Charles indiqua lui-même, l'impossibilité d'approcher l'objet même de son livre autrement que par des efforts se succédant : comme si cet objet cachait quelque lumière éblouissante, comme si l'on ne pouvait l'aborder sans détours, sans en déchiffrer comme une énigme les faux-semblants, quitte à s'écrier après coup : — Je me suis efforcé dans les veilles et la longue patience et, maintenant, je vois que je suis aveugle !)

J'ai parlé des motifs que Charles me donna pour justifier l'aide qu'il me demandait. Mais le courage lui manqua pour me dire la véritable raison, qui n'était même pas discutable. C'est qu'il me confiait un livre inachevé — qu'il n'avait plus eu la force d'achever.

Car il ne connut pas — ou plutôt ne reconnut pas — en l'écrivant ce qu'avaient de plus lourd les faits qu'il rapporte. Quand il apprit, de source sûre, ce dont il se serait douté moins inconscient, le coup fut si pénible qu'il ne put lui-même ajouter le complément que le livre demandait. Pour la même raison, quand il eut recours à moi pour le faire, il me donna de mauvais prétextes. Je pense qu'il me parla entièrement, mais il ne put me dire le dernier mot. Que — depuis qu'il SAVAIT — devant le manuscrit inachevé, il se sentait mal à la seule idée de l'ouvrir : et rien n'était moins surprenant.

Dans l'après-midi, il commença néanmoins à me parler, comme sans nul doute il l'avait décidé d'avance. Je n'en comprenais pas la raison, mais je le sentais, depuis quelque temps, « sur ses nerfs. » Parlant des papiers laissés par Robert, dont je ne savais rien jusque-là, il m'en dit d'une manière évasive :

— Ces réflexions interrompues ont peu de sens... Ou peut-être est-ce d'avoir été interrompues qui leur en donne... Un sens évidemment fêlé. Mais faute de savoir où elles mènent, il n'est pas jusqu'à ce sens qui ne m'échappe. Tout cela est peut-être un jeu. Finalement Robert n'a sans doute été si lâche qu'à force de chercher le bien.

Je n'avais sur la lâcheté à laquelle il fit allusion que la plus vague arrière-pensée. J'étais interloqué, mais de toute façon, je devais me taire. Je restai d'autant plus gêné que Charles riait, ou, du moins, ne pouvait que difficilement se retenir de rire. Je lui demandai sans malice :

— Pourquoi ris-tu ?

— Je ne ris pas, dit-il, contre l'évidence, mais je suis sans doute fêlé.

A ce mot, il céda et se mit à rire simplement.

— Tu auras peine à me croire, dit-il, si je prétends chercher le bien. Je m'égare peut-être...

Il cessa alors de rire et je vis aussitôt qu'il était excédé, qu'il devait surtout se retenir de pleurer.

— Il faudrait, me dit Charles, un Œdipe pour trouver le fil, mais je crois qu'il devrait l'embrouiller à nouveau. Le malheur est que la parole est donnée tout entière aux vivants : les mourants sont tenus au silence. Et même s'il leur arrive de parler, la mort leur coupe la parole. Je t'ai remis un manuscrit. Peut-être ai-je donné la parole à Robert, mais la parole que je lui donne est coupée.

Je ne savais que dire. Sans bien savoir où il en voulait venir, ce que Charles disait me semblait judicieux.

— Il faudrait qu'un vivant devinât le sens que la mort aurait pour lui s'il mourait.

— C'est impossible, dis-je agacé par ces faux-fuyants.

— Je ne sais pas, poursuivit-il. Je vois que même les mourants s'en tiennent au sens qu'elle a pour les vivants. Il faudrait...

— ... qu'un vivant oubliât qu'il vit dans la mesure où un mourant oublie qu'il meurt... C'est impossible.

— Je ne sais pas.

Je devinais une partie de son obsession.

— Veux-tu dire que le bien ne peut être cherché si l'on n'oublie pas la vie et ses conditions?

— Je suppose que c'est cela.

— Mais, même pour le mourant, la vie seule existe.

— Bien sûr. Mais malgré tout, elle lui échappe.

— En conséquence, le bien serait de vivre comme si l'on allait mourir l'instant d'après.

— Je ne sais pas.

Il se tut longuement ; il baissa la tête et dit avec une sorte de tassement :

— Tout cela m'effraie.

Puis, en un grand mouvement de désarroi :

— Je me sens dépassé, et je suis à bout. Maintenant je dois le dire : je ne condamne pas Robert.

Je n'avais comme je l'ai dit qu'une vague appréhension de ce qui le faisait parler ainsi.

Je me bornai à manifester, sans mot dire, mon étonnement à l'idée qu'il le pût condamner.

Il sembla soulagé d'un poids.

Il parla doucement comme s'il était sûr d'être deviné...

— Le malheur de Robert est peut-être de n'avoir pu lui-même condamner vraiment ce qu'il fit. S'il fit ce qu'on nomme le mal, c'est peut-être avec une passion analogue à celle qui engage au bien. Ce qui semble une faiblesse inavouable n'est peut-être en certain cas que répugnance pour la morale indiscutée.

Il me regarda fixement. Il avait l'air traqué, mais ses accents de tristesse avaient le sens d'une conviction :

— J'en suis sûr, dit-il, cette répugnance peut être si grande que, sous l'effet de la torture, elle déclenche une panique subite.

Je l'écoutais religieusement. S'il cessait un instant de parler, le silence était accablant — à l'excès — comme la nuit dans une église.

Il reprit et dès lors, s'arrêtant de temps à autre, il se mit à parler attentivement :

— J'ai reçu il y a peu de jours la visite d'un ancien déporté. J'évite d'ordinaire de penser à ce qui m'effraie, mais dès l'instant où cet homme me dit qu'il avait partagé la cellule de Robert mourant, je n'imaginai que trop bien ce dont il me parlerait...

« Sur-le-champ, le malaise de mon visiteur me frappa...

« Ce que j'aurais dû remarquer dès l'abord m'apparût comme une évidence : Eponine fut arrêtée peu après l'arrestation de Robert et la Gestapo vint chez moi le même jour que chez elle... *Tu sais que j'avais quitté R. la veille. Mon frère n'avait pas laissé de message à mon intention...*

« Son compagnon de cellule avait l'aspect de la plupart des déportés : sa maigreur donnait l'impression de parler à un être plus proche des morts que des vivants. Il avait tenu à venir me voir sans attendre parce que le souvenir des faits qu'il me rapporta le hantait...

« Il me fit d'abord connaître les circonstances dans lesquelles il avait rencontré Robert. C'étaient les conditions habituelles d'une détention préalable à la déportation. Apparemment, Robert résista mal à la torture ; il est sûr qu'il en revint mourant. Mon visiteur assista à l'agonie ; quand Robert fut porté à l'infirmerie, autant qu'il semble, il n'avait plus une heure à vivre. Il se mit à parler vers la fin, exactement la veille de sa mort...

« Je fus pris d'une folle angoisse dès l'instant où mon visiteur entra chez moi. Je ne puis que difficilement parler de cette sorte de squelette qui venait littéralement me porter des nouvelles d'un autre monde, d'un monde absolument malheureux : je ne pourrais rien dire de lui qui ait un sens à la mesure de ce qui est de règle en pareil cas, mais c'était sans nul doute un homme auquel on pouvait parler. Il me le dit, les épreuves par lesquelles il passa plus tard le faisaient trembler s'il y songeait, mais pour un ensemble de raisons les trois jours qu'il passa dans la compagnie de Robert demeuraient pour lui les plus chargés...

« Il sortait lui-même d'une chambre de torture. Il ne me dit pas s'il avait ou non résisté ; il était clair qu'il avait résisté, mais il me dit tristement qu'il aurait le désir de tuer un homme qui accablerait ceux qui cèdent : lui les plaignait, c'était à ses yeux la pire infortune qui puisse nous atteindre. Il était d'autant plus effrayé d'avoir assisté aux derniers moments de Robert.

« Robert lui dit agressivement : "Je n'ai pas voulu résister, je ne l'ai pas voulu et ne croyez pas que j'ai résisté, la preuve en est : j'ai donné mon frère et ma maîtresse !" Mon visiteur, si gêné qu'il fût, voulut savoir s'il aimait ou s'il haïssait ceux qu'il venait de donner ainsi. »

Charles eut à ce moment quelque peine à reprendre :

— Robert répondit qu'il avait donné justement les êtres qu'il aimait le plus. Son interlocuteur imagina que la torture venait de le rendre fou, mais Robert n'était pas fou : il avait même alors la plus grande lucidité. Et comme il portait les marques d'un long supplice, mon visiteur lui demanda : « En ce cas, pourquoi vous ont-ils torturé ? » Tout d'abord, ses bourreaux n'avaient pas voulu le croire, ils avaient demandé d'autres noms. Il est certain que finalement, il se laissa torturer et ne parla plus : il ne donna pas les noms de ceux dont il avait réellement partagé l'activité clandestine. De guerre lasse, les policiers se contentèrent des premières dénonciations, auxquelles la longue torture qu'il subit ensuite sans parler donnait un caractère de véracité...

« Ce qui frappait mon visiteur, après tant de mois de souffrance était d'avoir vu mon frère pendant les deux jours d'agonie qui suivirent l'interrogatoire. Il lui avait semblé, et il disait maladroitement, que le mourant ne pouvait pas supporter ce qu'il appelait lui-même sa lâcheté : "C'était comme si, de l'avoir commise, il mourait deux fois."

« Il disait qu'en ne parlant plus il avait cru se racheter, mais il le comprenait finalement : c'était trop tard, le mal qu'il avait fait était irréparable et il avait fait justement ce qu'il pouvait concevoir de plus lâche et de plus odieux...

« Je cherchai à savoir si quelque bonheur abominable ne se cachait pas derrière ces plaintes. C'était improbable : tout cela avait frappé son compagnon : pendant que mon frère parlait — et plus tard, interminablement —, il s'était efforcé, plein d'angoisse, de comprendre une conduite aussi surprenante. Ce qu'il tenait pour assuré était que Robert, après sa lâcheté, se sentit dépassé par elle. Il avoua d'abord en manière de défi un CRIME dont personne ne lui demandait compte. Il fut alors d'une insolence que l'agonie seule rendait supportable.

« Mon visiteur semblait soulagé de parler longuement. C'était un jeune calviniste du Midi qui devait avoir l'habitude du silence, son accent méridional trompait : il donnait une sorte d'aisance à ses paroles... Il avait un corps squelettique, très grand ; il était blême et l'effort parut l'épuiser. Il revivait la scène intérieurement ; il en semblait rongé, comme on peut l'être par une longue fièvre. Il tenait à donner les détails les plus futiles, comme si des intérêts vitaux dépendaient de son témoignage. Je pense qu'il ne se soucia pas et même n'eut pas conscience de m'atteindre au point sensible.

« Quand Robert parla, il était ensanglanté, il parlait bas et péniblement, à des moments de rémission entre les râles. Il n'avait rien prémédité, il n'avait pas CHOISI de donner ceux qu'il aimait : apparemment l'idée d'une aussi noire trahison lui tourna la tête, elle avait pour lui la fascination du vide ; le vertige sans doute n'aurait pas suffi mais la violence de la douleur aida.

« Le jeune homme me regardait gravement, ce qu'il me disait le transfigurait. De la même façon, me disait-il, quand il entendit les derniers mots de mon frère, il se sentit glacé... De ces derniers mots il avait gardé fidèlement la mémoire ; quand il les redit pour moi, dans sa simplicité, sans nul doute, il était au comble de l'émoi.

« — Vous le savez, monsieur, lui dit mon frère, je suis prêtre, ou plutôt, je l'étais, je meurs aujourd'hui. Le mal dont je meurs, les sévices que j'ai endurés et la douleur morale que me donne la pensée de mes crimes, — car, je dois le dire, le crime d'hier est venu de ce que, déjà, je vivais volontairement dans le crime, — ont achevé de faire une épave de l'homme avide de bien que j'étais. Croyez que jamais je n'ai cessé et que je ne cesserai plus un instant de songer à Dieu. Je ne pourrais me fuir moi-même...

« Dussé-je vivre infiniment, je n'attends rien. Ce que j'ai fait, je l'ai voulu de tout mon être.

Ne vous méprenez pas à ma douleur : je souffre de mes crimes, mais c'est pour . en jouir . plus profondément. Je meurs aujourd'hui devant vous, qui peut-être porterez témoignage de moi : j'ai VOULU être cette épave. Je puis vouloir l'oubli, je ne voudrais pour rien au monde dérober ma mémoire au mépris. Mais le refus que j'ai tardivement opposé aux policiers me gêne, et je suis content de mourir certain qu'il n'a rien réparé. Je n'ai pas fait preuve d'un courage insignifiant, mais enfin, malgré tout, je meurs déshonoré. Finalement, si j'ai refusé de donner les noms des résistants, c'est que je ne les aimais pas, ou les aimais loyalement, comme il faut aimer ses camarades. Plus je m'entêtais d'ailleurs et moins je m'accordais avec moi-même, alors j'ai ri : dans le temps d'un éclair, un rire infiniment pauvre a adouci ma terreur : c'est qu'il m'était facile d'endurer s'il s'agissait d'hommes auxquels je suis étranger ! Tandis que j'ai joui de trahir ceux que j'aime.

« Le jeune homme me dit alors qu'il ne pourrait rien ajouter. Il avait été heureux de savoir que, personnellement, je n'avais pas subi les conséquences de la dénonciation de mon frère. Souvent, il s'était dit que, si je survivais, et qu'il me parlât, il sortirait de l'obsession. Il n'en doutait plus à l'épreuve : il se trompait. Il ignorait jusqu'alors que Robert fût mon frère jumeau et une ressemblance si parfaite acheva de le troubler. Il se leva et dit enfin : "J'ai voulu assez vulgairement tirer de vous le mot de l'énigme, mais, en parlant, je l'ai compris, c'était inutile, et grossier. Pardonnez-moi d'avoir été inutilement brutal." Je le sentis à ce moment : j'étais pâle et j'avais une figure à faire peur. »

Charles dit encore, plus péniblement :
— Il s'en alla et me laissa...
Il ne put achever la phrase.
J'avais le sentiment d'être muet, et il y eut un long silence : je dus faire un effort pour lui demander s'il avait parlé dans le manuscrit de ce qu'il venait de m'apprendre.
Comme je le supposais, il me dit « non » : il avait achevé le manuscrit qu'il m'avait remis avant la visite du jeune déporté. Il se leva, il alla chercher des bouteilles et des verres, puis il prépara des fines à l'eau. Nous nous efforçâmes de parler d'autre chose, mais j'eus l'impression d'un malaise sans recours. Je compris à partir de là que j'énervais Charles : il avait dû me parler longuement mais, l'ayant fait, il était mécontent de l'avoir fait.

DU MÊME AUTEUR

Aux Éditions Gallimard

L'EXPÉRIENCE INTÉRIEURE
LE COUPABLE
SUR NIETZSCHE
SOMME ATHÉOLOGIQUE
LA LITTÉRATURE ET LE MAL
LE COUPABLE suivi de L'ALLELUIAH
ŒUVRES COMPLÈTES :

COLLECTION FOLIO

Dernières parutions

Impression Brodard et Taupin
à La Flèche (Sarthe),
le 24 juillet 1992.
Dépôt légal : juillet 1992.
1ᵉʳ dépôt légal dans la même collection : juillet 1972.
Numéro d'imprimeur : 1029G-5.

ISBN 2-07-036106-3 / Imprimé en France.